文庫書下ろし／長編時代小説

矜持（きょうじ）

鬼役 十二

坂岡 真

光文社

この作品は光文社文庫のために書下ろされました。

目次

※巻末に鬼役メモあります

幕府の職制組織における鬼役の位置

- 将軍
  - 大老（臨時で置かれる）
  - 老中
  - 京都所司代
  - 側用人
  - 大坂城代
  - 寺社奉行
  - 奏者番
  - 若年寄
    - 書院番頭
    - 小姓組番頭
    - 林大学頭
    - 小普請奉行
    - 西丸留守居
    - 百人組頭
    - 新番頭
    - 目付
    - 徒頭
    - 小納戸
    - 奥右筆組頭
    - 表右筆組頭
    - **膳奉行**
    - 賄頭
    - 小石川御薬園預
    - 鳥見
    - 大坂定番

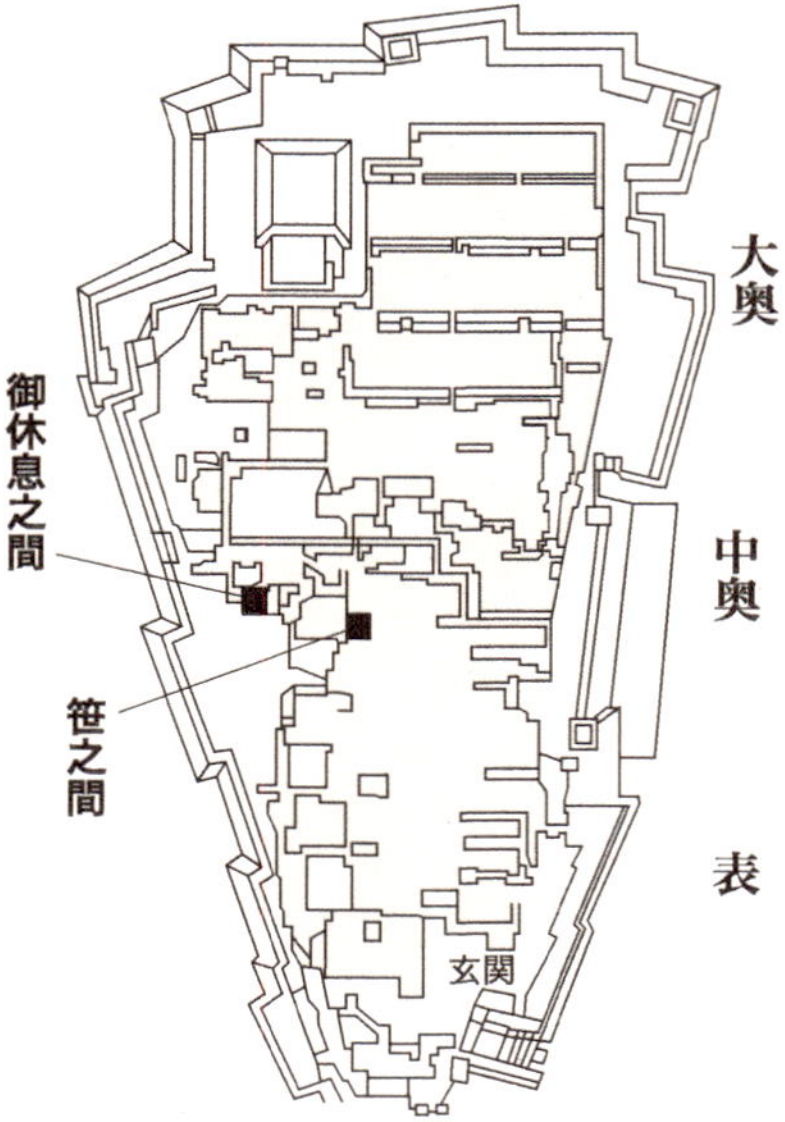

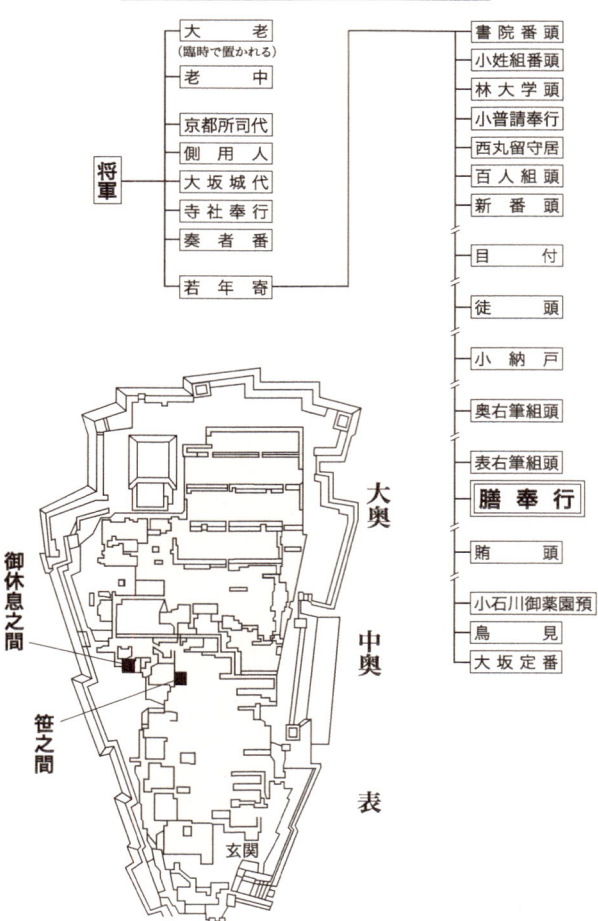

鬼役はここにいる！

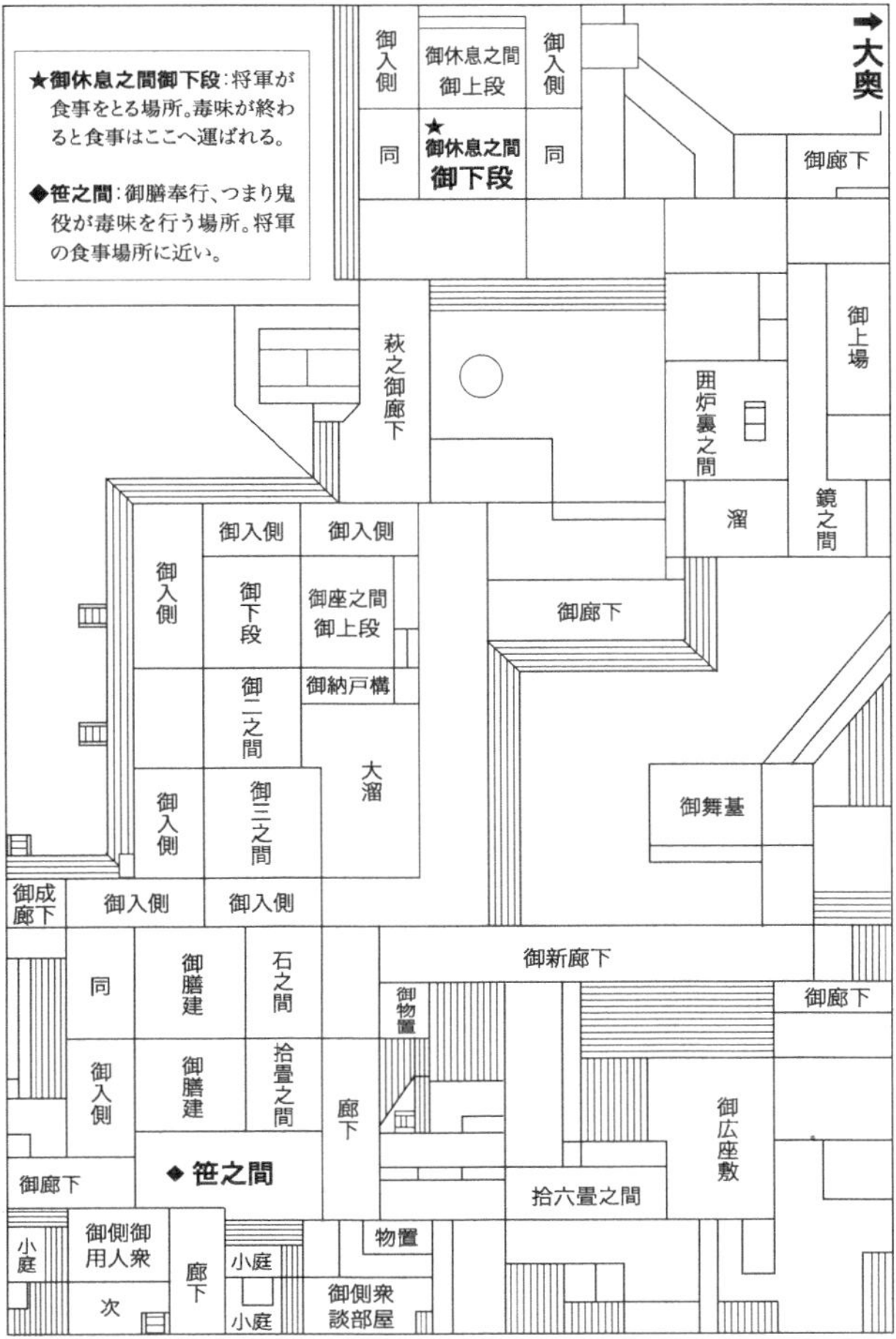
★御休息之間御下段：将軍が食事をとる場所。毒味が終わると食事はここへ運ばれる。
◆笹之間：御膳奉行、つまり鬼役が毒味を行う場所。将軍の食事場所に近い。
→大奥
御入側
御休息之間
御上段
御入側
同
★御休息之間
御下段
同
御廊下
萩之御廊下
囲炉裏之間
御上場
溜
鏡之間
御入側
御入側
御入側
御下段
御座之間
御上段
御納戸構
御廊下
御二之間
大溜
御入側
御三之間
御舞臺
御成廊下
御入側
御入側
御新廊下
同
御膳建
石之間
御物置
御廊下
御入側
御膳建
拾畳之間
廊下
御広座敷
御廊下
◆笹之間
拾六畳之間
小庭
御側御用人衆
廊下
小庭
物置
次
小庭
御側衆談部屋

主な登場人物

矢背蔵人介……将軍の毒味役である御膳奉行。またの名を「鬼役」。お役の一方で田宮流抜刀術の達人として幕臣の不正を断つ暗殺役も務めてきたが、指令役の若年寄・長久保加賀守に裏切られた。その後、御小姓組番頭の橘右近から再び暗殺御用を命じられているが、まだ信頼関係はない。

志乃……蔵人介の養母。薙刀の達人でもある。

幸恵……蔵人介の妻。徒目付の綾辻家から嫁いできた。蔵人介との間に鐵太郎をもうける。弓の達人でもある。

鐵太郎……蔵人介の息子。

綾辻市之進……幸恵の弟。真面目な徒目付として旗本や御家人の悪事・不正を糾弾してきた。剣の腕はそこそこだが、柔術と捕縄術に長けている。

串部六郎太……矢背家の用人。悪党どもの臑を刈る柳剛流の達人。長久保加賀守の元家来だったが、悪逆な遣り口に嫌気し、蔵人介に忠誠を誓う。

土田伝右衛門……公方の尿筒持ち役を務める公人朝夕人。その一方、裏の役目では公方を守る最後の砦。武芸百般に通じている。

橘右近……御小姓組番頭。蔵人介のもう一つの顔である暗殺役の顔を知る数少ない人物。若年寄の長久保加賀守亡きあと、蔵人介に正義を貫くためと称して近づき、ときに悪党の暗殺を命じる。

鬼役 十二

矜持

寸志御家人

一

背には市ケ谷御門がある。

御濠の水は嵩を増し、灰色に濁っていた。

いっこうに降りやまぬ芒種の長雨は、食べ物ばかりか人の心をも腐らせる。

将軍家毒味役の矢背蔵人介は、朝餉の膳に並んだ蒸し鮑の味噌和えをおもいだし、唐傘の内で顔をしかめた。

「あの鮑、腐る寸前であったな」

鬼役とも称される毒味役に就いて以来、何千食となく公方の毒味御用をこなしてきた身にとって、食材のわずかな変化も気づくことは容易い。

蒸し鮑は御膳所の配膳掛に耳打ちし、大厨房の片隅で内々に処分させた。

御用が済んで毒味部屋の笹之間を出ると、年輩の包丁方から「おかげさまで首が繋がり申した」と告げられた。心の底から謝意をしめすものだった。

公方に腐り物を食わせたら、包丁方も鬼役も無事では済まぬ。首を抱いて不浄門を潜らねばならない。蔵人介は災いを撥ねつける最後の砦として、千代田城中奥の笹之間に控えていなければならなかった。

胸の裡に仕舞ってあるのは、毒味のいろはを教えてくれた亡き養父のことばだ。

――毒味役は毒を啖うてこそのお役目。河豚毒に毒草、毒茸に蟬の殻、なんでもござれ。死なば本望と心得よ。

烟るような雨の向こうには、勾配のきつい坂道がつづいていた。

浄瑠璃坂だ。

坂を登ったさきの御納戸町に、二百俵取りの御膳奉行に与えられた拝領屋敷がある。

「それにしても、よく降るな」

ぐず濡れの恰好で背につづく従者は、蟹のような体躯をした串部六郎太であった。臑斬りを本旨とする柳剛流の手練で、武張った外見とはうらはらに繊細な一面も兼ねそなえている。

ふたりは前後になって黙々と歩み、坂の途中までやってきた。

「殿、あれを」

「ふむ」

数間さきを行く肥えたからだの持ち主は、相番の桜木兵庫であろう。噂好きの男で、蔵人介にいつも尾頭付きの骨取りを押しつける。

桜木のほかにも、いくつか人影があった。

宿直明けで下城してきた中奥勤めの小役人たちだ。

さらに進むと、坂の上から菅笠の侍が急ぎ足で下りてきた。

濡れ烏のような風体から推せば、食いつめ浪人であろうか。

いや、ちがう。

顎髭をきちんと剃っているので、勤番侍かもしれぬ。

あれこれ邪推しつつ、刀が届くほどの間合いで擦れちがった。

「ん」

蔵人介は足を止め、手にした唐傘をかたむける。

串部も殺気を帯びて身構えたが、相手は菅笠の縁を摑み、坂を転がるように遠ざかっていった。

「死臭を嗅いだぞ」

蔵人介のことばに、串部もうなずく。

「殿、追いましょうか」

「放っておけ。おぬしの足でも追いつけまい」

辻強盗のたぐいではないと確信したので、このまま逃がしてもよかろうとおもった。

「坂のてっぺんに、屍骸が転がっておるのやもしれませんな」

串部が言うとおり、次第に血腥い臭いが濃くなっていく。

坂の頂上にたどりついてみると、月代頭の連中が集まっていた。

ほとんどは顔見知りだ。

「あっ、矢背どの」

声を掛けてきたのは、さきを歩いていた桜木兵庫であった。

毒味役にしては肥りすぎた四十男が、険しい顔で近づいてくる。

「屍骸の主は、進物（しんもつ）掛の石橋勘助（いしばしかんすけ）にござる」

「石橋勘助」

「ほれ、平川（ひらかわ）口の取次所におった平目（ひらめ）顔」

「ふむ」

蔵人介は眠たげな小役人の顔を頭に描きつつ、桜木の背につづいた。

屍骸は仰向（あおむ）けに倒れており、地べたは真っ赤な血の池と化している。

「ほう、擦りつけの一刀か」

串部が亀のように首を伸ばし、感嘆してみせた。

へそ下一寸のあたりを、真一文字に裂かれている。

石橋が刀を抜いた形跡もないので、出会い頭に抜き際の一刀で斬られたようだった。

「沈みこんでの水平斬り。深さは八寸」

串部のみたてどおりなら、背骨にも達せんとするほどの傷だ。

――ぶほっ。

突如、傷口が音を起（た）てた。

白い湯気とともに、膨（ふく）らんだ小腸（ひゃくしろ）がぞろぞろ飛びだしてくる。

「うえっ」

野次馬どもは仰(の)け反(ぞ)り、なかには嘔吐(おうと)する者もあった。

「斬られてすぐでなければ、こうはなりませぬな」

串部が濡れた袖で鼻を隠しながら漏(も)らす。

いずれにしても、見事な太刀筋だ。

抜刀術に長(た)けた者にちがいない。

「さきほどの菅笠侍、怪しゅうございますな」

串部が相槌(あいづち)を求めてくる。

やはり、あの者の仕業であろうか。

「誰か、下手人をみた者は」

蔵人介の問いかけに、若い番士がひらりと手を挙げた。

「下手人はみておりませぬが、短い悲鳴を聞きました。振りかえると、数間先にあの御仁(ごじん)が」

「すでに倒れておったと」

「はい」

「声を聞く直前、誰かと擦れちがわなんだか」

「いいえ、誰とも」

となれば、下手人は待ちぶせしていた公算が大きい。

蔵人介は道端に歩を進め、人が隠れそうな灌木のあたりを調べた。

「ん」

藪陰の湿ったところに、ひと叢の花菖蒲が咲いている。

花菖蒲のすぐ脇に、金剛草履とおぼしき足跡があった。

「ここに屈んでおったのか」

下手人は若い番士をやり過ごし、すぐさま立ちあがって獲物に近づいた。

そして、擦れちがいざまに声を掛け、正面に相対したところで沈みながら抜刀したのだ。

「そういえば、怪しい侍と擦れちがったぞ」

桜木が声をひっくり返した。

「急ぎ足で坂を下ってきおった。そやつはたぶん、浪人じゃ。ふむ、まちがいない。むさい無精髭を伸ばしておったからな」

「菅笠は」

「いいや、かぶっておらなんだとおもう」

人の記憶とは頼りにならぬものだ。

　蔵人介と串部は目を見合わせて苦笑する。

　桜木が贅肉（ぜいにく）のついた顎を震わせて言った。

「矢背どの、どういたせばよい。そう言えば、義弟の綾辻市之進（あやつじいちのしん）どのは徒目付（かちめつけ）であられたな。凶事を報せ、手柄を立てさせてはいかが」

　手柄のことばかり考えている桜木らしい台詞（せりふ）だ。

　蔵人介は応じる素振りもみせず、ぷいっと横を向いた。

　平常（ふだん）から感情を面（おもて）に出さない。切れ長の鋭い眸子（まなこ）と真一文字に結ばれた薄い唇（くち）もとのせいか、対面した者は例外なく冷徹な印象を持つという。桜木のように図太い神経の持ち主でなければ、蔵人介の相番はつとまるまい。

　対応に困っていると、黒い巻き羽織を纏（まと）った町奉行所の同心が岡っ引きをしたがえてあらわれた。

「お城勤めのみなさま、下手人は辻強盗やもしれぬゆえ、こたびの凶事はわれらが預からしていただきます」

　こちらも手柄を立てたい連中のようだ。

　敢えて拒む理由もないので、蔵人介はあとの始末を小銀杏髷（こいちょうまげ）の同心に任せ、浄瑠璃坂から離れていった。

御納戸町の二股で桜木とも別れ、鬱々（うつうつ）とした気持ちで家路をたどる。

串部が雨に濡れた袖を絞りながら言った。

「莫迦（ばか）な役人どもめ。物盗りが二本差しの幕臣を狙うはずもあるまいに。殿、あれは最初（はな）から進物掛の命を狙った者の所業（しょぎょう）でござりますぞ」

「であろうな」

「これも何かの縁。少しばかり事情を探ってみましょうか」

「探ってどうする。下手人をみつけて裁くのか」

「おや、おめずらしい。これだけの凶事を捨ておくとは、殿らしくもありませぬな」

口には出さぬが、心身ともに疲れていた。

気を張りつめた毒味御用ばかりが原因ではない。

御小姓組番頭（おこしょうぐみばんがしら）の橘（たちばな）右近（うこん）から、隠密裡（り）に暗殺御用を命じられていた。

表沙汰（おもてざた）にはできぬ幕臣の悪事を調べ、悪辣非道（あくらつひどう）な連中に引導（いんどう）を渡す。

すでに、この手で何人も斬った。生かしておいては世のためにならぬ悪党どもとは申せ、人の血で手を穢（けが）してきたことにかわりはない。

正直、一日たりとも心が休まる暇はなかった。

偶さか出会した凶事に関わりたいともおもわない。

だが一方で、捨てておくのは忍びない気持ちもある。

下手人とおぼしき侍の後ろ姿をみてしまったからだ。

「何やら、淋しげな背中でござりましたな」

串部はこちらの気持ちを読んでいるかのように、ぬっと鼻面を寄せてくる。

「金で雇われた刺客かもしれませぬが、拠所ない事情から凶行におよんだとしたら、その事情を知りたいとはおもわれませぬか」

捨ててはおけぬ理由は、ほかにもあった。

蔵人介は田宮流抜刀術の印可を受けたほどの遣い手、抜きの捷さは幕臣随一とも目されている。同じ抜刀術を得手とする強靭な相手と剣を交わしてみたかった。

それは、武芸者本然の衝動というべきものかもしれない。

腰に差した長柄の来国次も、疼きを抑えかねている。

「串部よ、おぬしに任せる」

蔵人介は冠木門の手前で足を止め、溜息まじりに吐きすてた。

二

矢背家では家人と使用人が一堂に会し、夕餉の膳を囲む。

当主の蔵人介を上座に置き、向かって右手には嗣子(しし)の鐵太郎(てつたろう)と妻女の幸恵(ゆきえ)が、左手には養母の志乃(しの)が座り、志乃と少しあいだを空けて用人(ようにん)の串部が陣取る。さらに、畳の部屋につづく板間には下男の吾助(ごすけ)と女中頭のおせきが座り、武家奉公の修行で預かっている町娘たちが同じところに控えた。

家の秩序を保つためにと、志乃が発案したことだ。

鐵太郎が生まれてすぐのはなしなので、このかたちになって十二年にはなろう。

膳を囲んでの会話は少なく、物を咀嚼(そしゃく)する音しか聞こえぬような静かなひとときだが、誰ひとり居心地の悪さは感じていない。

志乃が空咳(からせき)を放ち、手にした味噌汁の椀をことりと置いた。

「ご当主どの、下城の折、浄瑠璃坂で忌(い)まわしい出来事に遭われたようですね」

「はあ」

蔵人介は串部のほうをちらりとみたが、腹を空かした用人は素知らぬ顔で飯をかっこんでいる。

志乃は目敏く見定め、たしなめるようにつづけた。

「串部に聞いたのではありませぬ。さきほど、桜木兵庫どののご妻女が訪ねてこられ、わたくしと幸恵どのに教えてくださったのです」

「桜木どののご妻女が、わざわざ凶事を伝えにみえたと」

「いいえ、煮貝のお裾分けついでに、告げていかれたのですよ」

「煮貝と申せば、鮑ではありませぬか」

「何でも、甲斐のほうから、お城に献上された珍品だとか」

「まさか、桜木どのが御膳所からこっそり持ち帰ってきた品ではありますまいな」

志乃は斜に構え、ぎろっと眸子を剝く。

「それは存じあげませぬ」

「桜木どのはご妻女に『矢背さまにはいつも骨取りでお世話になっておるので、せめてもの御礼を』と仰ったそうです。ご献上品の余りであれ何であれ、せっかくお持ちいただいたお品を拒んだとあっては、かどがたちます。それゆえ、いつも遠慮せずに頂戴しておくのですよ」

「養母上、いつもとは、どういうことにござりましょう」

「おや、今宵はずいぶん突っかかりなさる。さよう、先月は銚子沖で釣れた鰹の切り身を頂戴しました。来月は鰻でもお願いしようかと。山芋のよいのがはいったら、とろろ汁にして食べてもよかろうし、京の夏野菜なぞも食してみたいものじゃ」

蔵人介は呆れかえり、開いた口がふさがらない。

志乃は当主の間抜け顔を眺め、ぷっと吹きだした。

「真に受けたのか。わたくしが、そのような浅ましいまねをするとでも。ずいぶん、みくびられたものじゃ。されど、消え物を貰ってほしいとお願いされたら、ありがたく頂戴しておけばよいのです。それが身過ぎ世過ぎと申すものにござりましょう」

はなしの切れ目を計っていたかのように、幸恵が音もなく近寄り、煮貝の載った皿を膳に置いていった。

蔵人介は苦笑するしかない。

苦い顔に煮貝とは、笑えぬ駄洒落ではないか。

しかも、鮑が腐りかけているとしたら、洒落にもならぬ。

毒味の膳に供された味噌和えをおもいだし、蔵人介は眉間に縦皺を刻んだ。

「そのお顔、まるで、狸谷山不動尊のご本尊じゃな」

志乃は声をたてずに笑い、手にした土鈴を鳴らす。

――ごろん。

深みのある音色が響くや、おせきたちが慌てて膳を片づけはじめた。

「お待ちなされ。土鈴を鳴らしたは厄除けのため。ゆっくり、おあがりなされ」

よくよくみれば、土鈴は狸のかたちをしていた。

志乃と同じく、洛北の八瀬に生まれたおせきや吾助ならば、それが故郷にほど近い山寺の土産であることは知っている。

懸崖造りで知られる狸谷山不動尊は、宮本武蔵に縁のある一乗寺下り松から小高い山を登ったさきにあった。苔生した山門を抜け、二百五十段余りの石段を登りつめると、清水寺を小さくしたような本殿が聳えており、本尊の不動明王は殿内の岩屋に安置されている。

「暗闇から、黄金の目玉だけを光らせておられるのじゃ」

あらゆる邪気を除き、勝負事にもご利益があるので、参詣者は絶えることを知らぬとか。

もちろん、江戸者にはわからない。

土鈴を鳴らす志乃のすがたは異様なものにしか映らず、それこそ、狸に化かされたような気分になった。

「ご当主どの、して、浄瑠璃坂の凶事とは何であろうな」

志乃は土鈴を置き、鋭い眸子に好奇の色を宿す。

蔵人介は杉箸を措き、襟を正して応じた。

「幕臣がひとり、斬られておりました」

「ほとけですか」

「いかにも」

「ほとけの素姓は」

「平川口に詰める進物掛にござります」

「宿直明けの帰路で惨事に見舞われたと」

「はい」

「物盗りのたぐいではあるまい」

と、志乃は間髪を容れずに断定する。

「進物掛に斬られるだけの理由があった。ま、そういうことでござろう」

「はあ」

何事にも余計な首を突っこみ、勝手に想像をめぐらせるのは、志乃の悪い癖だ。

蔵人介は、夕餉のひとときを乱した張本人でもある桜木を恨んだ。

志乃の邪推は、とどまるところを知らない。

「進物掛であれば、献上品がらみの斬殺とも考えられよう。出入りの献残屋あたりから当たってみるのも一手じゃ」

蔵人介は業を煮やし、ことばの調子を強めた。

「養母上、この一件を調べるのは目付にござります。町奉行所の役人も顔を出しておりましたので、鬼役の拙者がしゃしゃり出るわけにはまいりませぬ」

「捨ておくのですか」

「そうなりましょうな」

「下手人と擦れちがっておいて、よう捨ておけますね」

「お待ちを」

蔵人介はうろたえた。

「桜木どののご妻女は、そんなことまで」

「そうじゃ」

妻女まで使って煽りたて、桜木はどういうつもりなのだろう。

手柄のおこぼれにでも与りたいのだろうか。

「他人の思惑がどうあれ、捨ておく手はなかろうというもの」

「ですから、首を突っこむ理由が見当たらぬと申しております」

「黙らっしゃい。とんだ腑抜けになりさがりおって。さては、擦りつけの一刀に臆したな」

無駄だとは察しつつも、蔵人介は抗った。

「養母上、拙者を煽ってどうなさるおつもりです」

「どうもせぬ。ただ、矢背家の行方を案じたまでのこと。面倒だからと難事凶事を避けておったら、心身の衰えは早まろう。当主の衰えは、家の衰退にも通ずる。それゆえ、申したのじゃ」

志乃は狸の土鈴を拾い、重々しく鳴らしてみせる。

——ごろん。

何やら、妙なことになってきた。

蔵人介は言いたいことばを呑みこみ、箸で摘んだ煮貝に齧りついた。

三

二日後の夕刻。

蔵人介は、両替屋の多い日本橋芳町を歩いていた。

露地裏は陰間の巣窟でもあったが、目当てはどんつきの暗がりに灯った青提灯だ。

朱文字で「お福」と書かれた一膳飯屋に踏みこむと、ふっくらした色白の美人女将が出迎えてくれた。

「これはこれは、お殿さま、ずいぶんご無沙汰でありんすね」

わざと廓言葉を使って科をつくる女将は名をおふくと言い、以前は吉原の大見世で妍を競った花魁であったという。

商人に身請けされて妾になったが、その商人が御禁制の品を扱って闕所処分となり、捨てられたか捨てたかしたあとは、裸一貫から一膳飯屋をやりはじめた。最初は苦労の連続だったが、粘ってつづけた甲斐あって、花魁の見世と評判になり、近頃は常連客も増えてきた。

と、そうした経緯を聞いたのは、たしか、八年ほどまえのことだ。

涙ながらに語った串部は、おふくへの恋慕をことばにできず、いまだ悶々とした日々を過ごしている。

何とかしてやりたいが、出過ぎたまねをするのも性に合わない。

それゆえ、自然と足は遠のいたが、めずらしく今夜は串部のほうから「ご足労願えませぬか」と誘ってきた。

「さあ、殿。今宵はとことんつきあっていただきますぞ」

「それはかまわぬが、どういう風の吹きまわしだ」

「何かとお疲れのご様子なので、たまには外で羽を伸ばしていただいても罰は当たるまいかと。さあ、どうぞ」

串部が注ごうとすると、武骨な手をやんわり摑み、おふくが代わりに銚釐をかたむけてくれた。

串部はうっとりとしながら、おふくの滑らかな手をみつめる。

「困ります。そんなにみつめなすったら」

「どう困るのだ。ひとつ、教えてくれ」

「絡み酒は御免蒙りますよ。んもう、すぐにそうなっちまうんだから」

「そうなるとは、どうなるのだ。なあ女将、教えてくれ」

串部はかなり呑んでおり、目が据わっている。

おふくは片目を瞑り、すっと離れていった。

「ふん、毛嫌いしおって」

悪態を吐く串部に、蔵人介は酒を注いでやる。

周囲には、陰間茶屋の客らしき侍や坊主が座っていた。

まさか、蔵人介が旗本の当主だとおもう者はおるまい。

御目見得以上の者が一膳飯屋に来ることはないからだ。

「殿、お運びいただき、恐れいり奉ります」

「何をいまさら。ところで、例の件は調べがついたのか」

「進物掛の一件でござりますな。無論にござる」

羽を伸ばすためではなく、調べの中味を聞くために足労したのだ。

串部は盃を置き、しゃきっと背筋を伸ばす。

「大奥さまが仰せになったとおり、出入りの献残屋を調べてみました。菱屋惣兵衛と申す御用達にござる。少しばかり手荒なまねをしたところ、出るわ出るわ、将軍家へ献上されるはずのお宝が、ごっそり外へ持ちだされておりました。表沙汰にいたせば、菱屋の首はまちがいなく飛びましょうな」

余った献上品の扱いは、ほとんど菱屋に任されていた。

実態は調べようもなく、横流しは見過ごされているという。

「仲立ちの小役人が、わざと帳簿を書き損じるだけでよいのです」

「小役人とは、石橋勘助のことか」

「はい。石橋勘助は真面目一本で通っていた役人ですが、菱屋によれば裏の顔があったようで」

博打(ばくち)に稼ぎを注ぎこんでいた。

それならと、菱屋に言いくるめられ、幾ばくかの報酬と引き換えに悪事の手助けをしたのだ。

「石橋勘助が斬られてから、菱屋は恐(こわ)くておちおち外も歩けぬそうで」

蔵人介は、ぴっと片眉を吊りあげる。

「斬られた理由に、心当たりがあるのだな」

「いかにも」

串部は気を持たせるように黙り、にんまりと笑った。

「献上品のなかでも、闇に流せば高値で売れる品があると聞きました。殿、何だとおもわれます」

「はて、見当もつかぬ」

串部は、ぐいっと胸を張った。

「花にござる」

「ん、花か」

たしかに、公方が花好きだということは知れわたっているので、諸藩は競って季節の花を献上したがった。

「梅雨と申せば、花菖蒲にござります」

「花菖蒲か」

どうやら、変わり朝顔や菊などよりも喜ばれるらしい。

「殿は堀切菖蒲園に行かれたことがおありか」

「いいや、ないな」

今から二十数年前、葛飾堀切村の伊左衛門という百姓がつくった園だ。文人墨客の集う向島や関屋の里に近く、自然を身近に感じられる行楽地としても人気がある。

伊左衛門に秘蔵の花株を分けてやったのは、菖翁の隠号で知られる旗本の松平左金吾定朝であった。京都西町奉行まで務めた家禄二千石の大身旗本で、花菖蒲の改良を重ねて三百におよぶ品種をつくりだした。

三年前に隠居してからは、麻布（あざぶ）の自邸で悠々自適（ゆうゆうじてき）の暮らしを送っているらしい。

蔵人介も名だけは知っていた。

「菖翁が株を分けた相手が、伊左衛門のほかにもうひとりおりました。名はわかりませぬが、熊本（くまもと）藩の藩士であったとか」

「熊本藩」

「大御所となられた家斉（いえなり）公もたいへんな花好きであられ、なかでも花菖蒲をお好みになったそうですな」

「ふむ。諸藩は競って花菖蒲を献上したと聞いた。なるほど、そうか」

ぱしっと、蔵人介は膝を叩いた。

「家斉公は、ことに熊本藩からの献上花をお喜びになり、御自ら『肥後（ひご）花菖蒲』と命名なされたと聞いたことがある。つまり、菖翁から分けてもらった株が見事な花を咲かせたわけだな」

「その花、堀切菖蒲園には一本も咲いておりませぬよ」

「えっ、そうなのか」

「肥後花菖蒲は熊本藩の宝、直植（じか）えではなしに、たいていは鉢植えにするのだとか。

花株は門外不出ゆえ、江戸市中で目にすることはかなわず、唯一、愛でることができるのは千代田城吹上の花壇のみとのこと」

蔵人介は首をかしげた。

「されど、肥後花菖蒲と進物掛の死がどう関わるのだ」

「そこにござります」

串部は手酌で酒を注ぎ、乾いた唇もとを濡らすように舐めた。

「たった三日で枯れる肥後花菖蒲がひとたび闇の市場に出まわれば、目玉が飛びでるほどの高値で取引される。そのことを菱屋は知らず、日頃から懇意にしている苗屋に吹きこまれたのだそうです」

献残屋は苗屋に頼まれ、進物掛の小役人で協力してくれそうな者を物色した。

不運にも白羽の矢を立てられたのが、石橋勘助にほかならなかったという。

「石橋勘助は真面目な人物で、多少気難しいところもあったようですが、周囲の評判も上々でした。されど、子が生まれたこともあって、何かと物入りだった。借金をした高利貸しに鉄火場の丁半博打を紹介され、あれよというまにのめりこんでいった。借金をかさね、首がまわらなくなっていたところへ、菱屋が巧みに儲け話を囁いた。すると、渋りながらも帳面の書きかえをやってくれたそうです」

　ありがちな筋だ。石橋が斬られたのは自業自得（じごうじとく）かもしれないと、蔵人介はおもった。

　ともあれ、平川口に山と積まれた献上品の余りは、献残屋の手で外に流されたそばから売りさばかれていく。そのなかに、どうやら、熊本藩から献上された肥後花菖蒲もふくまれていたらしい。

「菱屋はまんまと花を外へ持ちだした。石橋勘助が浄瑠璃坂で斬られたのは、その直後でござりました」

　それゆえ、菱屋は肥後花菖蒲との関わりを疑ったのだ。

「なるほど」

　蔵人介はうなずき、串部の盃を酒で満たしてやる。

「かたじけのうござります。殿もどうぞ」

「無礼講だ。気を遣うな。つづきを」

「はい。菱屋に声を掛けた苗屋は、樒（しきみ）の太吉（たきち）とか申す香具師（やし）でして、その者を絞りあげれば、何かわかるかもしれませぬ。じつは、太吉が床店（とこみせ）を出しているさきを聞いてまいりました」

「どこだ」

「堀切菖蒲園にござります」

「ほほう、そういうことか」

「顔を拝みに向かわれますか」

蔵人介は、にやりと笑う。

「遊山（ゆさん）がてら参ろう」

「されば、奥さまと鐵太郎さまをお連れなされませ。親子連れなれば、苗屋に怪しまれませぬ。少し泳がせてから、拙者が締めあげてやりましょう」

はなしが一段落したところへ、おふくが戻ってきた。

「美味（おい）しいお肴（さかな）でもいかが。じつは、お城の台所方から、めずらしいお品が手にはいりましてね」

嫌な予感がした。

出された平皿には、煮貝が載せてある。

「すまぬ、それだけは勘弁してくれ」

毒味役らしからぬ台詞を吐き、蔵人介が拝みながら謝ると、おふくは心の底から驚いたようだった。

四

翌日は非番だったので、小雨のそぼ降るなか、蔵人介は幸恵と鐵太郎を誘って堀切へ向かった。

「めずらしいこともあるものですね」

「養母上は茶会に招かれておったし、鬼の居ぬ間の何とやらさ」

「うふふ、いけないことを仰る」

幸恵はさも嬉しそうに笑い、鐵太郎を驚かせた。

三人は柳橋(やなぎばし)から小船を仕立て、満々と水を湛(たた)えた大川(おおかわ)を千住(せんじゅ)まで遡(さかのぼ)った。

鐘ヶ淵(かねがふち)からは綾瀬(あやせ)川に折れ、しばらく東へ進んで、ようやく陸(おか)へあがる。

覚悟はしていたが、おもった以上に道程(みちのり)は遠く、菖蒲園の入口に着いたときは、すっかりからだも冷えきっていた。帰りは両国(りょうごく)東詰めの『日野(ひの)屋』で湯豆腐でも食べようと腹積もりをしながら、園に一歩足を踏みいれた瞬間、蔵人介はことばを失った。

広大な敷地に咲きそろった花菖蒲が、あまりに見事だったからだ。

「幸恵、どうだこれは」

「美しゅうございます」

後ろに控えた鐵太郎も、満足げにうなずく。

蔵人介たちは軽快な足取りで、園内を散策しはじめた。

花菖蒲の植えられた水田が何町歩(ちょうぶ)も広がり、畦道(あぜみち)の代わりに木橋が縦横に通してある。

見物人は多く、うっかり気を抜けば水に落ちてしまいかねない。

狭い木橋の上で擦れちがう者は、武士も町人も関わりなく、相手が年寄りや乳飲み子を抱えた母親ならば先を譲り、みなで遠慮しあいながら花見を楽しんでいる。

立ちどまって観賞できる広縁(ひろえん)が随所に築かれ、竹の手摺(てす)りなども渡されており、ことに見事な花には「東雲(しののめ)」や「袖衣(そでごろも)」や「淡雪(あわゆき)」といった名まで冠(かん)されていた。

三人は木橋を右に折れ、左に折れなどしながら、ずんずん先へ進み、仕舞いには紫や白や薄紅の花園に埋もれてしまう。

「夢のようでございます」

幸恵は艶めいた声で漏らし、遠くのほうに目をやった。

眼差しのさきに、鼻筋の通った丈の高い侍が立っている。

幸恵ははっとして目を背け、恥じらうように俯いてみせた。
さりげない妻の仕種が、蔵人介の心をにわかに動揺させる。
どうしたのだ。
まさか、あの若侍に懸想したのではあるまいな。
胸の裡で叱りつけ、鐵太郎をともなってその場から離れる。
ふたたび、三人は花のなかに埋もれてしまった。
しばらく歩いて木橋を渡りきり、涼しげな幟を掲げた葦簀張りの水茶屋へ向かう。
いつのまにか、雨は熄んでいた。
「幸恵、ずいぶん歩いたな」
「はい。されど、少しも疲れを感じませぬ」
好きな花を愛で、気持ちが昂ぶっているのだろう。
蔵人介たちは前垂れの下女に導かれ、赤い毛氈の敷かれた床几に座った。
客はちらほらといるだけで、焙じ茶を呑んだり、団子を頬張ったりしている。
同じ床几の片端に、濃紺の着物を纏った侍がこちらに背を向けて座っていた。
さきほどの若侍だ。

何となく気になったのは、猫背気味の細い背中にみおぼえがあったからだった。

はて、どこで目にしたものか。

咄嗟（とっさ）には、おもいだすことができない。

「あの、みたらし団子を注文してもよろしいですか」

幸恵に耳許で囁かれ、蔵人介はわれに返る。

団子を待つあいだに何組かの客が入れ替わり、団子を頬張っている隙（すき）に猫背侍のすがたは消えてしまった。

水茶屋をあとにして、ふたたび、三人で散策しはじめる。

外周に沿ってのんびり進むと、苗屋が床店を出していた。

あやつだ。

――樒（しきみ）の太吉。

という名が頭に浮かんだ。

蔵人介の眸子が鋭さを増す。

幸恵には黙っていたが、堀切菖蒲園へやってきた真の目途（もくと）は、樒の太吉という苗屋の顔を拝むことであった。

「お土産にする花菖蒲のようですね」

幸恵は買うつもりらしい。

「ん」

床店のなかに、さきほどの猫背侍がいた。

顔はみえない。からだつきは細くしなやかで、首からうえもこざっぱりとしており、むさ苦しいところがない。

おそらく、食いつめ浪人ではなかろう。勤番侍にしては垢抜けているし、さりとて、幕臣にありがちな高飛車な素振りも感じられず、後ろ姿だけからは素姓を言いあてることができなかった。

少しばかり立ち位置を変え、さりげなく横顔を窺ってみる。

「ん」

鼻筋の通った精悍な面立ちだ。

やはり、幸恵が魅了された若侍にまちがいない。

浅黒い肌色から推すと、北の生まれではなさそうだ。

江戸者にはない、異質な空気を漂わせている。

意外にも、連れがあった。

杖をついた老人だ。

真っ白な髷を固く結いあげ、月代も剃っている。

侍にはちがいないのだが、どことなく動きがおぼつかない。

頭上に旋回する鳶をみつけては奇声をあげ、俯いたとおもったら、不動石のようにじっとしている。

「父上」

若侍が声を掛けた。

どうやら、ふたりは父子のようだ。

子は父の肩をそっと抱き、土産にする花菖蒲を物色しはじめる。

「旦那も花菖蒲をお育てになるので」

親しげに声を掛ける苗屋に向かって、子のほうが栽培の仕方を質しはじめた。

声が低くて聞きとりにくいものの、真摯な態度には惹かれるものがある。

ふと、気づいてみると、幸恵の目も若侍の横顔に吸いよせられていた。

かたわらに立つ鐵太郎は、母親に不安げな眼差しを送っている。

「幸恵、いかがした」

「えっ」

呼びかけると、幸恵はたじろぎつつも、作り笑いを浮かべた。

「別に、何ともありませぬよ」

やはり、猫背の若侍に懸想したのだろうか。

蔵人介は悋気(りんき)を掻(か)きたてられながら、胸の裡で勘ぐる。

幸恵はあきらめたように、ほっと溜息を吐いた。

「さあ、まいりましょう」

数間ほど進んで振りかえると、こちらの気配を察したのか、若侍が佇(たたず)んだままみつめている。

軽くお辞儀をすると、会釈を返してきた。

幸恵も足を止め、若侍をみつめている。

頬を赤く染めた顔が、何やら初々(ういうい)しい。

こやつめ。

見映(みば)えがよいうえに、呆(ぼ)けた父を労(いたわ)り、花を育てる優しさも兼ねそなえている。

なるほど、今どきにしては殊勝(しゅしょう)な若侍だ。

久方ぶりの遊山で心が解きはなたれていることも相俟(あいま)って、幸恵が浮(うわ)ついた気持ちになったとしても不思議ではない。

見も知らぬ相手に、蔵人介はあきらかに悋気を感じていた。

そんな自分が不思議でたまらず、落ちつかない気分になってくる。

一方では、幸恵の隠された情熱に触れたせいか、わくわくするような興奮も感じていた。

人の心とは、わからぬものだ。

不安げな顔の鐵太郎を促し、蔵人介は群棲する花菖蒲のなかへ踏みこんでいった。

五

二日後の朝。

蔵人介は御小姓組番頭である橘右近の命を受け、城内北西の吹上へやってきた。

役目は将軍家慶の毒味役だが、そのじつは警護役として随伴せよとの命である。

小姓たちとともに、庭園の南東に位置する北桔橋から入園し、吹上役所と上覧所を通りぬけ、池や鳥舎の狭間を縫って花壇へ向かった。

十三万坪におよぶ庭園は広大で、さまざまな花木に覆われている。

一行のなかには、将軍に随伴を許された大名がひとりだけあった。

熊本藩五十四万石、第十代藩主の細川越中守斉護にほかならない。

支藩の宇土藩から十二年前に本藩の藩主となり、外見こそ三十代なかばの壮健な殿様だが、追従笑いをしても消せぬほどに眉間の縦皺は深い。

それというのも、藩は八十万両を超える膨大な借金を抱えており、崖っぷちまで追いつめられていた。ただでさえ台所が火の車なのに、幕府からは利根川の川普請だの相模湾の警護だのといった無理難題を押しつけられ、もはや、二進も三進もいかぬところまできている。

このたびの花見会も、大名小路にある江戸藩邸にて重臣たちと打開策を探っていた矢先の出来事で、おもいがけず、家慶から直々に「散策に従きあうがよかろう」とのお声が掛かった。

献上された肥後花菖蒲への返礼であるという。

大名がたったひとり随伴を許されるのは稀なことでもあり、斉護は名誉に感じて「ありがたき幸せ」と応じた。糊の利いた裃を纏った重臣たちも、興奮の面持ちを隠せぬまま、殿様の背につきしたがっている。

幕臣と熊本藩の陪臣たちを合わせれば、一行の数は五十人を軽く超えていよう。

それだけの家臣たちが公方の背にぞろぞろとつづき、鉢植えにされた肥後花菖蒲を愛でにやってきたのである。

本来は毒味役の蔵人介だが、近頃はこうした場に呼びつけられ、小姓のまねごとをやらされている。すべては御膳奉行を配下におさめる橘の意志だが、蔵人介が幕臣随一の遣い手であることは、今や小姓組の誰もが知っているので、異を唱える者はひとりもいなかった。

橘の矮軀もみえる。

家慶はいつになく上機嫌で、しゃくれた顎を震わせてよく笑った。

家斉と家慶の父子は花好きで、ことに花菖蒲を好む。

幕臣や諸藩の藩士たちのあいだでは、ここ数年、豪華でめずらしい花菖蒲を咲かせることが流行っていた。

花好きの大名である斉護も、その例に漏れない。

どの大名よりも花菖蒲に掛ける意気込みは熱心で、菖翁こと松平左金吾のもとへ配下を送ったのは有名なはなしだ。その配下は菖翁から秘蔵の苗を五種だけ分けてもらい、藩内で改良を重ね、肥後独自の大輪の花菖蒲を咲かせることに成功した。

家斉は斉護から献上された花の見事さに狂喜し、その場で「肥後花菖蒲」と名を付けたらしい。

それだけの名誉に与った花菖蒲は鉢植えにて栽培され、熊本藩が門外不出を標榜(ぼう)しているだけに、愛でる機会はそうはない。好事家(こうずか)のあいだでは垂涎(すいぜん)の花、幻の花とも言われていた。

花菖蒲に興味のなかった蔵人介でさえも、逸(はや)る気持ちを禁じ得ない。

一行は揃って進み、花壇の手前までやってきた。

そこに、細長い床几がひとつ設えてある。

家慶がさきに座り、斉護を手招きした。

家臣たちは地べたに陣取り、床几を左右から取りかこむ。

公方と藩主が並んで座った正面には、棚が設けてあった。

棚に置かれた大きな鉢植えに、豪華な花が咲いている。

「うほっ、これは見事じゃ」

家慶は感嘆の声をあげた。

「これまでの献上品のなかでも、群を抜く華やかさではないか。のう、斉護どの」

「ありがたき、おことばにござりまする」

蔵人介も、最後列から首を伸ばす。

はっとして、息を呑んだ。

すばらしい。大輪の花だ。

堀切菖蒲園の花とはちがう。大きさがふたまわりも大きく、花弁の色は青紫に白筋のぼかしがはいった独特のものだった。

「上様、お久しゅうござりまする」

棚の脇で、金柑頭の老臣が片膝をついた。

家慶は長い顎を差しだす。

「おう、菖翁ではないか。よう来たな。さ、近う寄れ」

扇で招かれた老臣こそ、菖翁こと松平左金吾にほかならない。

どうやら、新たな花菖蒲の謂われを説くために呼ばれたらしかった。

「上様、とくとご覧くだされ。深咲きの逸品にござります。何百、何千と花菖蒲を目にしてまいった拙者でも、これほどの花にはお目にかかったことがござりませぬ」

「菖翁の申すとおりじゃ。斉護どの、菖翁のお墨付きは、本阿弥光悦の切紙も同然。喜ばれるがよい」

「は、ありがたき幸せに存じます」

「ところで、この花をつくった者の名は何と申す」

斉護は家慶の問いに、よどみなく応じた。

「恐れながら、ここに連れてまいりました」

「おう、そうか。ならば、拝謁（はいえつ）を許そう」

「はは」

斉護は床几に両手をつき、くいっと顔を横に向けた。

「山鹿帯刀（やまがたてわき）、これへ」

「はは」

五十がらみの重臣が、衣擦（きぬず）れの音も忙（せわ）しなくあらわれる。

家慶の面前へ躍りだすなり、重臣は這（は）いつくばった。

斉護が紹介する。

「上様、かの者はわが藩の勘定奉行、山鹿帯刀にござりまする」

「勘定奉行か。苦しゅうない。面（おもて）をあげ」

「はは」

山鹿は顔をあげた。

異様に鼻の大きな男だ。

「山鹿とやら、よくぞ咲かせたな」

「へへえ」

「ここまで咲かせるには、並々ならぬ苦労があったに相違ない。褒めてつかわす」

あらかじめ用意してあったのか、賢そうな小姓が三方に時服を載せて進みでる。

山鹿帯刀は褒美を押しいただき、興奮を隠せぬ様子だった。

一方、後ろに控えた菖翁はなぜか、浮かない顔をしている。

みずから分けあたえた株をもとにして、肥後国に大輪の花菖蒲が咲いた。

さきほどまでは、あれほど喜んでいたのに、山鹿帯刀の名が出た途端、げんなりしてしまったのだ。

蔵人介のほかに気づいた者はおるまい。

菖翁を訪ね、意気消沈した理由を尋ねてみたい衝動に駆られた。

斉護が頭を垂れる。

「上様、この花に名を付けていただけませぬか」

「ん、あいわかった」

間髪容れず、家慶は疳高い声を発する。

「琴音はどうじゃ」

「ほう、美しい名でござりますな」

斉護が応じるや、こほっと空咳を放つ者があった。

御小姓組番頭の橘右近だ。

琴音の「琴」が若い愛妾（あいしょう）の名であることを見破ったのであろう。

家慶のそばに仕える小姓たちのなかで、それと気づかぬ者はおるまい。

だからといって、みっともないまねはおやめになったほうがよい、などと諫言（かんげん）できる者はいなかった。

たかが花菖蒲の名ひとつで、首を失ってはたまらぬ。

橘はいつまでも、苦い顔をくずさない。

菖翁も同じように、苦虫を嚙みつぶしたような顔をしている。

蔵人介はもういちど、公方によって愛妾の名が付けられた花菖蒲をみた。

もしかしたら、これほどの花は二度と目にできぬかもしれぬとおもったからだ。

六

古川（ふるかわ）とも呼ぶ渋谷川（しぶやがわ）の三ノ橋（さんのはし）あたりに、苗屋の屍骸が浮かんだ。

白金（しろかね）の熊本藩中屋敷を探っていた串部が、自分の目と耳で確かめてきたのである。

苗屋は樒（しきみ）の太吉にまちがいなく、進物掛の石橋勘助と同じにへそ下一寸のあたりを擦りつけに裂かれていた。

蔵人介はそのはなしを胸に仕舞い、麻布の笄（こうがい）橋まで足を運んだ。

笄橋は渋谷川の支流に架かる幅の狭い木橋で、麻布桜田町（さくらだちょう）の牛坂（うしざか）を下ったところにある。

畑に囲まれた淋しい一帯だが、雑魚（ざこ）釣りの人影はちらほら見受けられた。

蔵人介も朝未（あさまだ）きに起きだし、釣り竿を担いでやってきた。

釣れるといっても、せいぜい野鮒（のぶな）程度だろう。

川端をひとまわりし、橋桁（はしげた）のそばに落ちつく。

少し離れたところに、隠居侍が釣り糸を垂れていた。

じっと動かずに眸子を瞑（つむ）っており、生きているのか死んでいるのかもわからない。

こほっと咳払いをすると、隠居は薄く目をひらいた。

川面の浮子（うき）が、上下に動いている。

「引いておりますよ、ほら」

声を掛けても、隠居は少しも焦らない。

ゆったり腕を動かし、竿を斜めに寝かせて遊んでいる。

針が外れはしまいかと、蔵人介は心配した。

隠居が面打ちの要領で、右腕を頭上に持ちあげる。
竿は折れんばかりに撓り、川面に水飛沫が弾けた。
鮒だ。
ぴちぴち跳ねている。
隠居は竿を股のあいだに挟み、巧みに糸を手繰りよせた。
外気に触れた鮒は抗うのをやめ、おとなしくなった。
鱗の黒光りした鯉のような大物だ。
隠居は口から針を抜き、魚籃のなかに獲物を放つ。
鮒は息を吹き返したように暴れくるった。
蔵人介は手を叩き、大袈裟に釣果を褒めた。
「お見事でござる」
隠居は「ふん」と鼻を鳴らし、竿を振ってみせる。
蔵人介もそれに倣い、びゅんと竿を振った。
それ以来、ことばを交わそうともしない。
半刻ほど待ったが、いっこうに当たりはなかった。
東の空は白々と明け、川面は曙光に煌めいている。

「急いては事を仕損じる」

隠居が正面を向いたまま、おもむろに喋りかけてきた。

「焦りは糸を通じて、水の中にも伝わる。魚なぞ寄ってこぬわ」

「なるほど、至言にござる」

蔵人介は隠居に顔を向け、わざとらしく驚いてみせた。

「もしや、菖翁さまでは」

「ほう、わしの顔を存じておるのか」

「城中で何度か、ご挨拶させていただきました。拙者、笹之間に控える矢背蔵人介と申します」

「笹之間と申せば、鬼役か。たしかに、矢背という姓には聞きおぼえがある」

「どこにでもある姓ではありませぬからな」

「洛北の八瀬と関わりでもあるのか」

「よくご存じで」

持ちあげると、菖翁は身を乗りだしてきた。

「やはりな。京の西町奉行を務めておったゆえ、洛北にも足を延ばしたことがある。鞍馬山も走破したし、比叡山の根本中堂に籠もって荒行もやった。八瀬の地にもおもむいたことがある。歴代の町奉行で瓢箪(ひょうたん)崩れ山の鬼洞(おにがほら)に詣ったのは、おそらく、わしひとりであろう」

「ご縁がありますな」

もちろん、菖翁が京都西町奉行に任じられていたことも、禁裏附(きんりづき)となって赴任したところに花菖蒲を御所の仁孝(にんこう)天皇へ献上して褒められたことなども、蔵人介はあらかじめ調べておいた。

菖翁は興味津々の体(てい)で、すぐそばへ寄ってくる。

「おぬし、八瀬とはどういう関わりなのじゃ」

「養母(はは)の実家が八瀬衆の主筋(しゅうすじ)にあたります」

「なるほど、おぬしは養子か。どうりで、少しばかり背が足りぬとおもうた」

「どういうことにござりましょう」

「ふむ、八瀬の産土神(うぶすながみ)でもある天満宮(てんまんぐう)には背くらべ石があってな、木札替わりの石碑には六尺三寸二分と刻まれておる。八瀬の男衆は並々ならぬ体軀(たいく)の持ち主ばかりでな、ずっと以前から天子様の御駕籠を担ぐ使命を帯びておる。一説には禁裏の間諜(かんちょう)となって暗躍し、かの織田信長(おだのぶなが)公でさえも『天皇家の影法師』と呼んで懼(おそ)れたとか。ともあれ、興味の尽きぬ族(うから)なのじゃ」

「禁裏の間諜なぞと、ただの言いつたえにござりましょう」

蔵人介が笑うと、菖翁はぎろっと睨みつけてくる。

「いいや、わしはこの目で八瀬の男をみたことがある。しかも、御所のすぐそばでな。雲を衝くほどの大男であった。そのくせ、猿のごとき敏捷な体術を会得しておったのだわ。そやつ、御所の鬼門を守る猿の化身なのだという噂を聞いたこともある」

それは、志乃や蔵人介もよく知る猿彦という八瀬の男にちがいないと察したが、知らぬふりを装った。

菖翁は気づかずにつづける。

「八瀬衆は神仏ではなく、鬼を奉じておる。もしや、それで鬼役を」

「関わりはあるまいかと存じます。それにしても、お詳しい。一度、養母とお会いになっていただきたいものでござる」

「是非とも、お会いしたいものじゃ。矢背家の由来などを、じっくりお聞きしたい。ところで、鬼役をやって何年になられる」

「二十五年を超えました」

「何と、それは驚いた」

菖翁は、自分で釣った鮒のように口をぱくつかせた。

「通常であれば、長くとも三年じゃろう。こう申しては何じゃが、鬼役は旗本の御曹司どもが出世の糸口を摑むために座る腰掛けの役目、生涯を捧げるところではあるまい。役高にしたところで、たったの二百俵じゃろうが」

菖翁は喋りつつ、激昂しはじめた。

「今の若いやつらは、出世ばかり気にしよる。どいつもこいつも軟弱になりおって。今どき、命懸けでお勤めせねばならぬのは、唯一、城中では鬼役くらいのものよ。それが二百俵では、あまりにひどい。可哀相じゃ」

「ふふ、公儀に仰ってください」

「そうじゃな。すまぬ。年甲斐もなく、熱うなってしもうた」

頭を垂れる菖翁に、蔵人介は礼を言った。

「それにつけても、花菖蒲の咲くこの時節に、菖翁さまが雑魚釣りとは意外ですな」

「花に飽いたわけではない。されど、知りもせぬ連中に持ちあげられるのが、ほとほと嫌になってな。こうして何も考えずに釣り糸を垂らしておると、肩凝りも抜けてちょうど良い塩梅になってくる」

「ははあ、そうしたものでござりますか」

蔵人介は潮時をはかりつつ、本題を切りだした。

「そう言えば、先日、吹上の花壇でお見掛けいたしました」

「ん、おぬしもあそこにおったのか」

「毒味御用で末席に控えておりました」

「なるほど、そうであったか」

「山鹿帯刀さまと仰る熊本藩の勘定奉行が、上様から褒美を下賜されましたな。上様に『琴音』と名付けられた花菖蒲、じつに見事な咲きっぷりにござりました」

突如、菖翁は苦い顔になる。

「あれは『銀杏』じゃ。三年前に目にしたことがある」

「えっ」

「あれと同じ花を咲かせたのは、寸志御家人の菊池平左衛門という男じゃ。加藤清正公が築かれた熊本城は、別名、銀杏城と呼ばれておる。元来、菊池の先祖は加藤家に仕えた侍であったらしい。悲惨な末路をたどった清正公と加藤家を偲んで、新種の肥後花菖蒲に『銀杏』と名付けたのじゃ」

「すると、あの献上花は三年前につくられた花をなぞっただけのものと仰る」

「そのとおりよ。山鹿某とか抜かす勘定奉行が、平左衛門の手柄を横取りしおったのじゃろう」

苦い顔になった理由がわかり、蔵人介は何度もうなずいた。

「今となってはずいぶんむかしのはなしじゃが、わしのもとへ花菖蒲の株を分けてほしいと訪ねてきた者があった。新種の献上花をつくって手柄をあげたいと願う阿呆(あほう)どものひとりじゃ。わしは、そやつを門前払いにした。冗談ではない。寝るのも惜しんでつくった花株を、どこの馬の骨とも知れぬ輩(やから)に渡してなるものか。そうおもったのじゃ。ところが、そやつは門前に七日間も座りつづけた」

「えっ」

「断食(だんじき)じゃ。わしは問うた。何故(なにゆえ)、おぬしは身を削ってまで主命を果たそうとするのかと。そやつは『花が好きだから』と言いおった。人となりに興味を抱かされてな、わしは折れて、そやつを屋敷のなかに入れてやった。飯を食わせ、花菖蒲の培養についてさまざまに問うてみると、なるほど、言うだけあってよう知っておった。わしのほうも学ぶべきところが多かったほどでな」

されど、菖翁に花株を譲る気はなかった。

「命に代えても花株だけは渡せぬと、きっぱり拒んでやったのさ。ふふ、あやつ、悲しい顔をしおった。それゆえ、何のために花株を故郷へ持ち帰りたいのか、わしは最後に問うてみた。てっきり、手柄をあげるためと応じるかとおもうたら、やつは『矜持(きょうじ)のため』と抜かしおった」

「矜持のため」

菖翁はなぜか、目を潤ませる。

「おぬし、寸志御家人という者を存じておるか」

「いいえ」

「それはな、金で侍の身分を買った百姓たちのことじゃ。熊本藩のなかでは一段も二段も下にみられ、大雨が降っても傘をさすことさえままならぬ。本来の御家人たちからは『金あげ侍』と陰口をたたかれ、些細(ささい)なことで袋叩きにされることもあったらしい」

それでも、侍身分に縋(すが)りつくために耐えに耐えぬき、屈辱を糧(かて)に代えてきた強靭(きょうじん)な者たちだという。

「わしのもとを訪ねてきた男は、菊池平左衛門と名乗った。寸志御家人じゃ。十になる息子を熊本城下に残してきたと申してな、その子に矜持を持たせたいのだと、平左衛門は涙ながらに訴えおった。寸志御家人にしかつくれぬ花菖蒲を咲かせ、世間をあっと驚かせたい。さすれば息子も胸を張って、自分は熊本藩の歴とした藩士であると名乗ることができよう。誰からも後ろ指を差されずに生きていくことができよう。ゆえに、どうしても株を分けてほしいのだと、平左衛門は血を吐くように訴えおった。わしは情にほだされてな、五種にかぎって株を分けてやる約束をしたのじゃ。ただし、門外不出にせよと断ってな。平左衛門め、涙をぽろぽろ零しておった。あの顔がどうにも、忘れられぬ」

蔵人介は余韻を嚙みしめ、静かに発した。

「株を持ち帰った菊池どのは、見事に新種を咲かせたのでござりますな」

「そうじゃ。なれど、三年前にわしがみた花は、あやつが送ってきたものではない。表沙汰にはなっておらぬようじゃが、ご先代の家斉公から『肥後花菖蒲』と名付けられた稀少な新種は、すべて平左衛門の手になるものじゃ。あやつは詳しい培養法を一冊の培養録にまとめて、わしのもとに送ってきおった。返礼のつもりだったとは申せ、門外不出の培養法を外に出したのじゃ。藩にみつかれば、首が飛んだやもしれぬ。平左衛門の心意気にこたえたいとおもい、わしは培養録を参考にしながら懸命に花をつくった。そして、咲かせたのが『銀杏』じゃ。わしのつくった『宇宙』を遥かに超える傑作じゃった」

もちろん、培養録を受けとった経緯からも、咲かせた花をおおやけにすることはできなかった。

「それでもいい。わしと平左衛門だけが知っておればよいことじゃった」

ところが、それから三年ののち、菊池平左衛門が心血を注いでつくった『銀杏』は、熊本藩から将軍家慶に献上された。

「あろうことか、山鹿とか申す勘定奉行の手柄にされてな。本来、吹上で上様に褒美を下賜されるべきは、寸志御家人の菊池平左衛門なのじゃ。わしは口惜しゅうてならぬのよ」

菖翁は押し黙り、じっと川面をみつめた。

浮子は、ぴくりとも動かない。

「何の関わりもない鬼役どのに、つまらぬ愚痴を聞かせてしもうた。わしの屋敷はすぐそばにある。どうじゃ、一献かたむけぬか」

蔵人介は誘われて、嬉しそうに微笑む。

「よろしいのですか」

「かまわぬさ」

「では、遠慮のう」

まだまだ聞き足りないとおもいつつ、蔵人介は腰を持ちあげた。

七

千代田城、中奥。

昨日は麻布の菖翁邸で久方ぶりに痛飲したが、翌朝になればすっきりしている。宿酔いにならぬのは、日頃の鍛錬のたまものであろう。

蔵人介は夕餉の毒味を終え、笹之間を出て廊下を渡り、庭下駄を履いて大厨房のそばにある厠へ向かった。

すると、竹矢来に囲まれた厠の暗がりから、ぬっと人影があらわれた。

咄嗟に身構えたものの、相手が誰かは察している。

「伝右衛門か」

「ふふ、あいかわらず、気の休まらぬことで」

声を殺して笑う人影の正体は、公人朝夕人の土田伝右衛門にほかならない。

公方家慶の尿筒持ちであるにもかかわらず、武芸百般に通暁しており、いざというときは公方を守る最強の盾となる。しかも、喜怒哀楽はいっさい面に出さず、命じられれば殺しでも何でも平然とやってのける。伝右衛門は、橘右近の忠実な密偵でもあった。

「浄瑠璃坂で進物掛が斬られた一件、存外に根は深うござるぞ」

「ほう、余計なことを調べて、わしに恩でも売る気か」

「ふふ、臑斬りを得手とするご配下が調べ得ぬ内容ゆえ、老婆心ながらお教えにまいったまでのこと。他意はござらぬ。鬼役どのに恩を売ったところで、一文の得にもなりませぬゆえ」

「橘さまはご存じなのか」

「お報せしたくば、いたしましょうか」

「ふうん、おぬしの一存とは、めずらしいこともあるものだな」

「どうでもよいことにござる。ときを無駄になされますな」

「よし、聞こう」

公人朝夕人は、闇のなかで白い歯をみせる。

「さればまず、進物掛を殺めた者の素姓を。それはおそらく、熊本藩勘定奉行の山鹿帯刀が配下にござる。すでにお調べかと存じまするが、進物掛の石橋勘助は菱屋と申す献残屋とはからい、献上花の肥後花菖蒲を秘かに外へ持ちだしました。そのことを知った山鹿が制裁をくわえたのでござりましょう。ただし、それは表向きの筋にすぎませぬ」

「ほう、裏があるのか」

「おそらくは」

山鹿帯刀はみずからの大悪が予期せぬ綻びから露見するのを恐れ、小悪の芽を摘んだにちがいないと、伝右衛門は断言する。

「大悪とは何だ」

「五年前、熊本藩は公儀より利根川の川普請を仰せつかりました。ところが、十万両におよぶ負担金が捻出できず、公儀に泣きついた」

出入旗本で家禄三千石の水田内記を仲立ちにして、水田の姻戚筋にあたる当時の老中にはたらきかけをおこなったところ、それが功を奏し、十万両のうちの三割は公儀が分担することで決着した。

ところが、いざ、普請がはじまってみると、十万両にしてはあまりにお粗末な川普請であったらしい。

「普請方らの証言などからすると、十万両の半分にも満たぬ普請であったとか。すなわち、五万両が宙に浮いたのでござります。じつは、この莫大な普請金を勘定奉行の山鹿と出入旗本の水田が秘かに着服したのではないかとの疑いがござる」

五万両もの公金横領となれば、たしかに、大悪の最たるものと考えてよい。

「されど、疑いにすぎぬのであろう」

「いかにも。川普請が終わった今となっては、証だてのしようもござりませぬ。ただし、火のないところに煙は立たぬ。高輪縄手に建てられた月見の館をご覧になれば、大悪の臭いはお感じになられましょう」

蔵人介は眉をひそめる。

「月見の館とな」

「『酔月楼』と申します。表向きは御用商人の持ち物にござるが、そのじつは山鹿帯刀の私邸にほかなりませぬ。山鹿と水田の配下どもが集い、毎晩のように芸者をあげて呑めや歌えやの乱痴気騒ぎ。藩の台所は火の車だと申すに、宴会の金はどこから出てくるのでしょうな。山鹿帯刀が打ち出の小槌を携えておるとしか考えられませぬ」

ただし、山鹿も水田も狡猾ゆえ、けっして尻尾を出さない。

怪しいと感じても、山鹿は藩主斉護からの信頼が厚いため、告げ口する者も文句を言う者もいなかった。

「それだけの悪党が、どうやって殿様の信頼を勝ちとったのだ」

「肥後花菖蒲が大きく寄与したものとおもわれます。稀少な花菖蒲のおかげで、上様からも目を掛けてもらったわけですからな。肥後花菖蒲は藩の宝、宝を生みだした山鹿は偉いということになった」

「肥後花菖蒲をつくったのは、山鹿ではないぞ」

「存じております」

公人朝夕人は、悲しげにうなずく。

「花をつくったのは、寸志御家人と呼ばれる軽輩たちにござる。山鹿は花づくりに功のあった寸志御家人を巧みに取りこみ、手柄を横から掠(かす)めとった。許されざる行為にほかなりませぬ」

伝右衛門はめずらしく、感情をあらわにしてみせる。

みずからも恵まれぬ境遇におかれているだけに、寸志御家人の辛い心情が理解できるのだろう。橘にも黙って余計なことに首を突っこんだ理由はそれにちがいないと、蔵人介は読んだ。

「これですべて、おはなし申しあげました」

伝右衛門に三白眼(さんぱくがん)でみつめられ、蔵人介は顔を背(そむ)けた。

「わしに何を期待しておるのだ」

「何も期待などしておりませぬ。ただ、橘さまならきっと、こう仰いましょう。金は消えても罪は消えぬ。天網恢々疎にして漏らさず」

どう考えても、表沙汰にはできぬ大悪であった。

橘右近が知ったところで、目付も大目付も動かせまい。

そうなれば、早晩、蔵人介のもとへお鉢はまわってくる。

命じられてやるよりも、みずからの意志で動いたほうが後悔はなかろう。

伝右衛門は、そう言いたいのだ。

「焚きつけおって、無礼なやつめ」

と、吐きすてつつも、心情はわからぬでもない。

ほっと溜息を吐くと、気配は煙のように消えた。

厠の臭気だけが、まとわりついてくる。

「鬼役どの、いかがなされた」

廊下のほうから顔見知りの城坊主に声を掛けられ、蔵人介は尿意をおもいだした。

八

数日後。
蔵人介は串部をともない、縄手の並木道を歩いていた。
雨が斜めに降りそそいでくる。
海風に煽られ、松並木が揺れていた。
今し方まで煌めいていた波が、灰色にくすんでいく。
公人朝夕人の言った『酔月楼』は、品川寄りの御用地に近いところにあった。
砂浜に迫りだすように建てられた楼閣風の二階屋で、専用の桟橋も擁している。
串部は張りこんで三日目になるので、隠れて探るのに最適な場をみつけていた。
漁師の使っていた無人の小屋だ。
「二階の広縁から月をのぞめば、さぞや、見事な景観にござりましょう」
「ああ、そうだな」
ふたりは小屋に踏みこみ、羽目板の隙間から楼閣の表口を窺った。
崩れかけた小屋のなかには、破れた網が置き捨てられ、干涸らびた若布が壁や床にへばりついている。

「夕暮れになると、悪党どもが集まってまいります。熊本藩の小役人もおれば、得体の知れぬ破落戸（ごろつき）もいる。座を仕切る御用商人は肥後屋庄八（しょうはち）と申しましてな、肥後国とは何の関わりもない黒鍬者（くろくわもの）あがりの輩でござる」

利根川の川普請で頭角をあらわし、材木卸しなどにも手をひろげ、とんとん拍子に大藩の御用達にまで出世した。引きあげたのは、山鹿帯刀であったという。算勘に長（た）けた小悪党を捜していたところ、強欲な肥後屋が見事にはまったのだ。

「そやつを叩けば、悪事のからくりも判明いたそう」

「ふん、吐かせる必要もありますまい。どうせ、尿筒（しとづつ）持ちの申すとおりにございましょう」

串部は皮肉まじりに言い捨て、蔵人介を苦笑させる。

風向きが変わり、濃厚な潮の香りが漂ってきた。

「串部よ、例の侍は見掛けなんだか」

「菅笠をかぶった刺客にございますな。今のところ、山鹿帯刀の配下にそれらしき者はみあたりませぬ」

闇の狭間に息をひそめ、誰かの命を狙っているのかもしれない。

「狙うとすれば、献残屋にござりましょう」

献残屋の菱屋惣兵衛は苗屋の屍骸が古川に浮いて以来、家から一歩も外へ出ていないらしかった。

「よほど命が惜しいとみえますな」

やがて、月代頭の侍どもが集まってきた。

芸者や幇間(ほうかん)もぞろぞろ表口に吸いこまれ、二階座敷からは三味線や太鼓の音が聞こえてくる。

「けっ、はじまりやがった」

串部は冷たくなった両手を擦りあわせ、悪態を吐(つ)いてみせる。

「酒とおなごで小役人どもを手懐(てなず)け、身のまわりを意のままに動く連中で固めていく。いざとなれば、ああした連中は使い捨ての駒となりましょう。山鹿帯刀とは、とんでもない悪党にござりますな。いかに陪臣(またもの)とは申せ、生かしておいては世のためになりませぬ」

肩を怒らせる串部に向かって、蔵人介は笑いかけた。

「ふふ、世直し大明神め。腰の同田貫(どうたぬき)が疼(うず)いて仕方ないようだな」

「殿、それはそうと、献残屋がお城の外へ持ちだした献上花は、どうなったのでござりましょうな」

「樒の太吉とか申す苗屋の手に渡ったのであろう。そこからさきはわからぬ」

「もしかしたら、苗屋を殺った刺客が奪いかえしたのやもしれませぬな」

おそらく、そうにちがいないと、蔵人介はおもった。

ふと、堀切菖蒲園の景色が脳裏に浮かんでくる。

大空で旋回する鳶を、老いた父親が呆けた顔で見上げていた。

息子は父親の肩を優しく抱き、苗屋のもとへ導いていく。

幸恵が懸想した若侍は、樒の太吉とはなしこんでいた。

「あっ」

猫背気味のほっそりした背中が、浄瑠璃坂で擦れちがった刺客の背中とぴったり重なった。

もしかしたら、あの若侍が刺客なのかもしれない。

苗屋と懇意になり、誘いだして殺めたのではあるまいか。

忽然と、禍々しい考えが浮かんで消えた。

「殿、いかがなされた」

「別に」

なぜか、串部にも告げなかった。
あの若侍が刺客であってほしくない。
そんな意識がはたらいたのかもしれぬ。
雨は本降りになってきた。
そこへ、権門駕籠が一挺、雨粒を弾きながらやってくる。
用人ふたりを随伴させているので、身分の高い人物だろう。
「勘定奉行か出入旗本か、どちらかでござりましょう」
蔵人介と串部は漁師小屋を抜けだし、駕籠の主を確かめに向かった。
権門駕籠から出てきたのは、海馬のように肥えた醜悪な面相の男だ。
「水田内記のほうか」
串部が漏らす。
一行は素早く楼内に消え、権門駕籠も来た道を戻っていった。
ふたりはずぶ濡れになるのも厭わず、表口の正面に立った。
そこにだけ、煌々と灯りが漏れている。
「ん」
小脇の藪に、怪しげな気配が蹲っていた。

串部も同様に感じ、腰を沈めて身構える。
刹那、人影が地を這ってきた。
「殿、危ない」
串部が盾となり、腰の同田貫を抜きはなつ。
――きいん。
刃と刃がぶつかり、火花が散った。
暗闇に佇んでいるのは、菅笠をかぶった刺客だ。
すでに、納刀している。
居合を使うのだ。
「出おったな」
吐きすてる串部のもとへ、刺客は低い姿勢で迫った。
――しゅっ。
抜刀する。
白刃が雨を弾き、串部の腹を襲った。
「うぬっ」
躱しきれない。

――ばすっ。

手口はわかっているはずなのに、抜き際の一刀で腹を裂かれていた。

「……ふ、不覚」

串部は傷つきながらも、盾になろうとする。

これを押しのけ、蔵人介は国次を抜いた。

「ふおっ」

下段の一撃が、相手を仰け反らせる。

「串部、生きておるか」

怒鳴りつけると、強気の声が返ってきた。

「何のこれしき、浅傷(あさで)にござる」

ほっと安堵したところへ、反撃の一刀が繰りだされた。

車(しゃ)の構えからの薙(な)ぎあげだ。

これを強烈に弾くや、相手は後方へ跳ねた。

「逃がすか」

蔵人介は土を蹴り、飛蝗(ばった)のように跳ねる。

右胴斬りを見舞うや、何と柄(つか)で受けられた。

意表を衝(つ)かれると同時に、右脚の蹴りが飛んでくる。

これをどうにか避けると、相手も右八相(はっそう)に構えを取りなおした。

あたかも、頭にかぶった兜(かぶと)を避けるかのような右甲段(こうだん)の構え、右手斜め上に伸びた刀が倍にも長く感じられる。

「タイ捨(しゃ)流か」

伝書によれば「剣風はすこぶる荒く、身を飛びちがえつつ薙ぎたてる」とある。

他流派のごとく正中線(せいちゅうせん)をまっすぐに斬りおとさず、つねに斜めに斬りさげ、あるいは薙(な)ぎあげる斜太刀(はすだち)を本旨とする。死地を脱すべく、身を独楽(こま)のように回転させながら蹴りを繰りだし、手裏剣などの暗器(あんき)を投じることもある。

いずれにしろ、介者剣術(かいしゃけんじゅつ)の流れを汲(く)む厄介(やっかい)な流派にほかならない。

「ぬおっ」

蔵人介は敢然と踏みだし、喉元(のどもと)に突きを繰りだした。

相手は片膝を折り敷いて避け、串部ばりの臑斬りを飛ばしてくる。

「はあっ」

蔵人介は地を蹴り、一間余りも飛びあがった。

そのまま国次を担ぎあげ、大上段から斬りさげる。

「うっ」

見上げた相手の菅笠が、まっぷたつになった。

驚いた精悍な面立ちには、みおぼえがある。

「やはり、おぬしか」

幸恵の懸想した相手だ。

途端に、殺気が失せる。

刺客は我に返り、転がるように逃れていった。

「ちっ」

蔵人介は納刀し、串部のもとへ駆けよる。

「おい、大丈夫か」

「は」

傷口はすでに、さらしできつく縛りつけてあった。

「あと二寸深ければ、臓物をさらしており申した」

串部は不敵に笑い、蔵人介に肩を借りて立ちあがる。

「殿、あの独特の動き、タイ捨流とみましたが」

「おそらく、そうであろう」

同流を創始した丸目蔵人佐は、肥後国人吉の人だ。

やはり、菅笠の男は肥後国熊本藩と関わりの深い者にまちがいない。

「どうして、逃がしたのでござりますか」

串部に強い口調で糾され、蔵人介は首を捻った。

どうしてなのか、自分でもよくわからない。

斬ろうとおもえば、斬ることはできたはずだ。

背後の『酔月楼』から、鳴り物の音と笑い声が聞こえてくる。

目と鼻のさきで命の取りあいがあったというのに、騒ぎに興じる阿呆どもはまったく気づいていない様子だった。

九

串部が苦労のすえに、タイ捨流を使う寸志御家人の素姓を調べてきた。

三年前に藩籍を離れていたので、容易にはみつけられなかったらしい。

――菊池兵庫。

という名を聞いたとき、蔵人介はわずかに眩暈をおぼえた。

菖翁の語った「菊池平左衛門」のことをおもいだしたのだ。

平左衛門が七日間の断食を敢行したとき、熊本城下に残された息子は十であった。その息子が成長を遂げ、勘定奉行に飼われた人斬りになっていたとしたら、蔵人介は運命の過酷さを呪わずにはいられない。

菖翁は涙を流しながら、菊池平左衛門に会いたいと言った。

だが、平左衛門はおそらく、菖翁をおもいだすこともできまい。串部の調べたところでも、菊池兵庫の父親は三年前から呆けが進み、今は息子の名さえ忘れてしまったらしかった。

蔵人介が菊池父子を訪ねようとおもったのは、裏に隠された事情を探るとともに、寸志御家人の意地をみたかったからだ。

父子の暮らす長屋は熊本藩の藩邸内にはなく、伊皿子坂(いさらござか)の中屋敷から北西に少し離れた古川の手前にあった。田島町(たじまちょう)の露地裏に張りついた棟割(むねわり)長屋の一角だ。四ノ橋を渡れば麻布の仙台(せんだい)屋敷があり、そこから菖翁の屋敷はほど近い。

かつて通いつめた懐かしい屋敷のそばに、父を住まわせたかったのかもしれない。

それが息子の意志であろうことは、容易に想像できた。

三年前まで、父子は熊本城下で暮らしていた。

山鹿帯刀が勘定奉行に出世する以前から同家の用人として仕えていたが、あるとき藩籍を解かれ、忽然と城下からすがたを消した。

その理由を知る者は、おそらく、江戸にはおるまい。

重臣同士の出世争いがあり、国元で何人かの血が流れたとも聞いている。

定かではないものの、寸志御家人の父子が何らかの凶事に関わったことは充分に考えられた。

食うために江戸へ逃れ、食えなくなって山鹿を頼ったのであろうか。

拾ってもらった恩義にこたえるべく、息子は汚れ役を引きうけたのか。

なぜ、矜持を捨てて人斬りに堕(お)ちたのか、直(じか)に会って理由を問いたかった。

理不尽な差別を無くし、世に認められるべく、かつて父は菖翁の門を敲(たた)いた。

息子に矜持を持たせるために断食までやり、花菖蒲を咲かせることに命を懸けた。

その気概はいったい、どこへやったのだ。

あれだけの剣の力量を持ちながら、なぜ、悪党の走狗(そうく)となったのか。

今からでも遅くはない。できれば改心させ、一からの出直しを誓わせたいと痛切に願った。

長いあいだ虐(しいた)げられ、深い悲しみを背負った者の気持ちが、蔵人介にはよくわかる。

わかるだけに、見殺しにはできなかった。

雨に打たれながら、棟割長屋の朽ちかけた木戸門を潜りぬけた。

無愛想な木戸番の親爺に、部屋の所在は聞いてある。

一番奥の井戸のそばだ。

どぶ板を軋ませ、転びかけながらも足を運んだ。

長屋の洟垂れどもが、井戸のまわりを走りまわっている。

継ぎ接ぎの古着を着た嬶ぁどもは、世間話をしながら洗濯をしていた。

それでも、長屋は閑散としている。

部屋の半分も埋まっていないせいだ。

この界隈は府内の外れ、山狗が徘徊する広尾原も近く、夜盗なども出没するので、住みたいとおもう者は少ない。

腰高障子は開いており、部屋には人の気配があった。

足先を向けると、嬶ぁのひとりに呼びとめられる。

「息子なら留守だよ」

きつい調子で言われ、蔵人介は顔をしかめた。

「この部屋に住んでおられるのは、菊池平左衛門どのと兵庫どのであろうか」

「ああ、そうさ。父親のほうは居るけど、呆けちまっているんだ。おまえさまと息子の区別もつかないよ」

蔵人介は会釈を返し、部屋のほうに向きなおる。

兵庫は留守かもしれぬとおもい、文を携えてきた。

それは菖翁に頼んで、したためてもらった文であった。

父子の事情を告げると、菖翁はえらく同情し、いつでも訪ねてほしい、と綴（つづ）ってくれたのだ。蔵人介はみずからの素姓を記した書き置きも文に添え、父親に託していこうとおもった。

敷居をまたいだ瞬間、饐（す）えた臭いが鼻をついた。

「おやおや、漏らしちまったのかい」

後ろから、さきほどの嬶ぁが顔を出す。

蔵人介を三和土（たたき）の隅に待たせ、嬶ぁは下駄を脱いだ。

板間にあがり、敷物に横たわった老人の下の世話を焼きはじめる。

平左衛門は瞬きもせず、されるがままになっていた。

「近頃は粗相（そそう）をするようになっちまってね。赤ん坊みたいに、むつきが手放せなくなったのさ」

嬶ぁにむつきを取りかえてもらい、平左衛門は安堵したように目を瞑る。

「さあ、これでよしと。用事があるんなら、とっとと済ましちまっとくれ」

蔵人介はうなずき、枕元に文を置く。

ふっと、平左衛門が目を開けた。

「どなたかな」

はっきりした口調で問われ、蔵人介はぎくりとする。

呆けているとはおもえぬほどの、強い眼差しを感じたのだ。

「怪しい者ではござりませぬ。菖翁さまから、文を預かってまいりました。じつは、これにござります。菖翁さまは、貴殿との再会を心から望んでおられます。もし、よろしければ」

と言いかけ、蔵人介はことばを呑みこんだ。

平左衛門は目を瞑り、寝息を立てはじめている。

仕方なく枕元からそっと離れ、部屋をあとにした。

外に出て井戸へ近づき、さきほどの嬶ぁに問うてみる。

「兵庫どのは、いつお戻りになられようか」

「さあね。このところは、明け方になることもおありだから」

「あいわかった。かたじけない」

蔵人介は頭を垂れ、嬶ぁに礼を言った。

そして、後ろ髪を引かれるおもいで木戸口へ向かう。

何かしてやりたいのに、何もしてやれぬ自分がもどかしい。

せめて、文を読んだ息子が父を菖翁のもとへ連れていってくれればよいのだが。

蔵人介は雨に打たれながら、余計なことをしたのではないかと後悔しはじめていた。

十

翌日、蔵人介は神楽坂（かぐらざか）の小料理屋『まんさく』を訪れた。

実父の叶孫兵衛（かのうまごべえ）に会いたくなったからだ。

孫兵衛は元幕臣で、ありもしない千代田城の天守（てんしゅ）を三十年以上も守りつづけた。

愛妻を早くに亡くし、御家人長屋で一粒種の蔵人介を育てあげたのだ。夢は息子を旗本の養子にすることだった。見事に夢をかなえ、十一歳の蔵人介を毒味役の矢背家へ養子に出した。

忠義ひと筋の反骨侍は、それから何年も独り身で通したが、今から八年前、伴侶(はんりょ)となる女将とめぐりあい、ついに天守番の役目を辞し、侍身分もあっさり捨てて、小料理屋の亭主におさまった。

神楽坂の途中で横道に逸(そ)れ、雨に濡れた甃(いしだたみ)の小径(こみち)を進むと、そこに四つ目垣(よつめがき)に囲まれた瀟洒(しょうしゃ)な仕舞屋(しもたや)がある。

孫兵衛が見初めたおようは、若い時分に柳橋(やなぎばし)で芸者をやっていたという。

ふっくらした美人で、いっしょにいると落ちついた気分になる。

何と言っても、この見世は肴が美味い。ことに、煮しめなどの何でもない料理が絶品なのだ。

ふたりを結びつけたのは、蔵人介にほかならない。

雰囲気のよいこの見世を偶(たま)さかみつけて馴染みとなり、孫兵衛を連れてきたのがきっかけだった。

蔵人介は使いを出し、御納戸町の家から幸恵を呼んでいた。

幸恵はまだ、数えるほどしか見世を訪れていない。

「ありがたいことにござります」

孫兵衛は、涙を流さんばかりに喜んだ。

御家人だっただけに、旗本の娘には遠慮がある。

実子の妻になった幸恵に敬語を使うのはそのせいだ。

客をあしらう空間は狭く、鰻の寝床のようだった。蔵人介と幸恵は細長い床几に並んで座り、床几の向こうで酒肴の仕度をする孫兵衛たちと向かいあう恰好になった。

床几の脇には、いつも旬の花がある。

今日は紫色の花菖蒲が飾られていた。

「およウが堀切菖蒲園で求めてきたものにござります」

幸恵の顔が、ぱっと明るくなる。

「わたくしたちも、先日、遊山に行ってまいりました」

「ほう、さようでしたか」

孫兵衛は目を細め、芯から嬉しそうに笑う。

およウは、吉野杉の香が匂いたつ諸白を燗にしてくれた。

突きだしはいつもの、ちぎり蒟蒻の葱味噌煮だ。

「幸恵さまも、ときには息抜きが必要にござりましょう。ほれ、蔵人介、諸白を注いでおやり」

「あ、はい」

孫兵衛に叱られ、馴れぬ手つきで酌をすると、幸恵はえらく恐縮する。

それでも、促されて盃をひと息に干し、蔵人介を驚かせた。

「うほっ、おもいのほか、いける口らしい」

孫兵衛は、蒸しあがった穴子（あなご）を肴に出してくれた。

つめの塗られた穴子を頬張り、幸恵は感激する。

「とっても美味しゅうござります」

「今が旬ですからな」

「はい」

幸恵の嬉しそうな横顔を眺め、蔵人介は満ちたりた気分になった。

こんな気分になるのは、久方ぶりのことだ。

「それにしても、なぜ、わたくしをお呼びいただいたのですか」

「理由などない」

蔵人介はぶっきらぼうに応じ、唇もとをきゅっと結ぶ。

ふたりに気を遣い、孫兵衛とおようは奥に消えた。

無論、幸恵を呼んだ理由は、菊池兵庫と関わりがある。

もし、堀切菖蒲園で懸想した若侍の面影を忘れていないのであれば、相手の素姓を教えてやりたいとおもった。幸恵の心を掻き乱すつもりは毛ほどもないし、責める気持ちもない。ただ、教えてやりたいだけだ。

「幸恵、人の出遭いとは不思議なものよな。坂道で擦れちがっただけの相手が気になってたまらず、朝まで眠れぬ。そんなことはないか」

「ござりませぬが」

「ふっ、さようか。屈託(くったく)のないおぬしが、ちと羨(うらや)ましいな」

「どうかなされましたか」

「堀切菖蒲園で侍の父子を見掛けたこと、おぼえておるか」

「おぼえておりますよ。お父上は、おからだが不自由なご様子でしたね」

「父は子に誇りを持ってほしいと願った」

蔵人介は、呻(うめ)くように語りだす。

「ところが、病んだ父の面倒をみるために、子は侍としての意地や誇りを捨てねばならなくなった。父を生きながらえさせるために、父の望みを捨てたとしたら、これほどの不幸はあるまい」

幸恵は銚釐（ちろり）を摘み、蔵人介の盃に酒を注いだ。

「もしや、あのときの父子のことをご存じなのですか」

「奇縁というやつでな、父子の事情を知ってしまったのさ」

「それで、ここに足を運びたくなられたのですね」

「まあな。父子で面と向かうのは気恥ずかしくもあったゆえ、おぬしにつきあってもらった」

「そうした事情ならば、夜更けまででも、おつきあいいたしましょう」

「すまぬな」

「謝ることなど、ただのひとつもござりませぬ。わたくしは、蔵人介さまが望まれたとおりにしたいだけです」

「さようか」

「鬱陶（うっとう）しいかもしれませぬが、わたくしはいつも」

「ふむ、わかった。それ以上は申すな」

ふたりのあいだに、沈黙が流れた。

頃合いをみはからったように、孫兵衛が燗酒のお代わりを差しだす。

「何やら一段と仲睦（なかむつ）まじゅうみえる。蔵人介、何かよいことでもあったのか」

皺顔を寄せられ、蔵人介は月代を掻いた。

「父上のおかげでござる」

消えいりそうな声で応じると、孫兵衛のほうも恥ずかしがり、何も言わずに奥へ引っこんでしまった。

十一

同夜、深更。

菊池兵庫は足を忍ばせ、朽ちかけた長屋の木戸門を潜りぬけた。

住民たちは寝静まっており、軒先から落ちる雨だれの音しか聞こえてこない。

どぶ板を軋ませ、井戸のそばにある奥の部屋へ向かう。

周囲に人気は無く、腰高障子は閉めきられたままだ。

自分の住む部屋なのに、踏みこむのをためらう。

「くそっ」

首を左右に振り、腰高障子を一気に開いた。

後ろ手に閉め、三和土の隅に佇む。

饐えた臭いの漂うなかに、耳慣れた寝息が聞こえていた。

雨に濡れた着物を脱いで絞り、板の間にあがって、乾いた着物を羽織る。

父の匂いがした。

枕元に近づくと、平左衛門は死んだように眠っている。

「……父上」

兵庫はかたわらに正座し、声をあげずに泣きはじめた。

すぐに泣きやみ、眠っている父に存念を訴えはじめる。

「父上、わたしはもう耐えられませぬ。さきほど、菱屋惣兵衛と申す献残屋を斬ってまいりました。すべては藩のお宝である肥後花菖蒲を守らんがためと口説かれ、この手で人の命を絶ったのでござります。されど、わたしは騙されているのかもしれませぬ」

菱屋は必死に命乞いをしながら、耳を疑うようなことを喋った。

勘定奉行の山鹿帯刀は何と、平左衛門の著した花菖蒲の培養録を五百両で売ろうとしていた。売るまえに花株が闇市場に出まわると、培養録の価値が下がる。ゆえに、表向きは花株の流出を避けるためと説き、兵庫に進物掛や苗屋殺しを命じたというのだ。

菱屋の様子は真に迫っており、とても作り話とはおもえなかった。

「わたしは三人を殺めました。いいえ、四人です。三年前にも熊本城下で普請方を斬りました。山鹿さまに命じられ、理由を問うことも許されず、暗殺の刃を振りむけたのでございます」

公儀から申しつけられた利根川の川普請に関わることで、山鹿は藩内の一部重臣たちから公金横領の疑惑を向けられた。疑惑は巧みに隠蔽されたものの、勇気あるひとりの普請方が不正を証言しようとした。兵庫は右の事情も知らずに、唯々諾々と山鹿の命にしたがった。

命を忠実に成し遂げた直後、幾ばくかの金子と引き換えに藩籍を離れるように命じられ、唯一の肉親である父とともに故郷を捨てた。平左衛門の呆けが深刻になっていったのは、そのころからだ。

とりあえず、江戸へ出てきたはよいが、兵庫は途方に暮れた。与えられた金子は江戸までの道中で使いきり、生活の目途すら立たない。生きていくために、人斬り以外は何でもやった。父の面倒をみながら博打場の用心棒をやり、盗みにも手を染めた。

やがて、精神が荒みかけたころ、山鹿帯刀が江戸表へ赴任したことを知った。

恥を忍んで訪ねていくと、山鹿は用人並の扱いで拾ってくれた。手柄を立てれば、藩士に返り咲く段取りもつけてやろうと言われた。拾ってもらった恩義に報いるべく、兵庫は汚れ役を引きうけたのだ。

「山鹿さまがどういうおひとかは、薄々勘づいておりました。されど、けっして悪い方ではない。藩の行く末を憂う善人なのだと言い聞かせ、わたしは命にしたがってまいりました。生活の面倒をみてもらっているのは紛れもない事実、抗うわけにはまいりませぬ。父上も仰せになりましたな。寸志御家人といえども武士は武士、他人から受けた厚情を裏切ることは許されぬと。そのとおりにござります。さればこそ、わたしは意地も矜持も捨て、刀を血で穢してまいりました。なれど、もはや、これまでにござります。我慢の限界を越えました……どうか、どうか、ふつつかな息子をお許しください」

兵庫は板間に両手をつき、額を擦りつけんばかりにした。

ふっと、寝息が止まる。

顔を持ちあげてみると、平左衛門が身を起こしていた。

敷物のうえにきちんと正座し、眸子を爛々と光らせる。

まるで、岩屋に安置された不動明王のようだった。

「……ち、父上」

膝で躙(にじ)りよる兵庫を、平左衛門はひらりと掌をあげて遮る。

そして、凛然(りんぜん)と発してみせた。

「兵庫め、ようやった」

「えっ」

ほんの一瞬だけ、正気に戻ってくれたのだろうか。

すでに、平左衛門の眸子からは生気が消えていた。

「情けない息子を、お許しくだされ」

兵庫は床に置いた脇差を拾い、震える手で白刃を抜きはなつ。

顔を涙で濡らしながら、切っ先を父親に向けた。

「父上、お覚悟めされい」

息を詰め、立ち膝になるや、えいとばかりに右腕を突きだす。

鋭い刃の先端は、老人の骨張った胸に吸いこまれていった。

平左衛門は刺されても微動だにせず、悲鳴すらもあげない。

心なしか、笑っているようにもみえた。

「……ああ、ああ」

兵庫は慟哭しながら、脇差を引きぬいた。

真っ赤な血が噴きだしたが、勢いはすぐに衰えた。

平左衛門は目も口も開けたまま、座りつづけている。

が、もはや、こときれていた。

兵庫は父を抱きかかえ、敷物のうえに横たえる。

周囲に飛び散った血を丹念に拭きとり、屍骸となった父に白装束を着せた。

枕元には、樒の太吉から奪いかえしておいた花菖蒲の鉢植えを飾った。

そのとき、兵庫は文に気づいた。

素早く目を通すと、両手が震えてきた。

「……こ、これは」

菖翁のしたためた文だと気づかされた。

父がまだ正気のころ、毎晩のように菖翁のはなしを聞かされた。

古川のそばの棟割長屋に居を定めたのも、橋を渡ったさきに花菖蒲を咲かせる名人の屋敷があるのを知っていたからだ。記憶を取りもどしてほしい一念で、父を菖翁邸のそばまで連れていったこともある。

もちろん、心から再会を望んでいたが、それはかなわぬこととあきらめていた。

「……な、何ということだ」

菖翁のほうから再会を望む文を貰うことなど、夢にもおもわなかった。

いや、これは夢にちがいない。

兵庫は何度も文を読みかえし、頬を抓(つね)ってみた。

夢ではない。

どうやら、見も知らぬ親切な人が仲介の労を取ってくれたらしい。

――矢背蔵人介。

という姓名を聞いても、兵庫にはおもいあたる人物が浮かんでこなかった。

「もはや、詮無(せんな)いはなし」

たとい、父が生きていたとしても、菖翁に再会させたかどうかはわからない。

兵庫には今から、やらねばならぬことがあった。

寸志御家人の底意地を、みせてやらねばならぬ。

「振りかえりはせぬ、けっして」

と、みずからに言い聞かせた。

決断には、微塵(みじん)の揺らぎもない。

兵庫は文を丁寧にたたみ、鉢植えのそばに置いた。

十二

兵庫は夜が明けるのを待ち、伊皿子坂の熊本藩邸へ向かった。

よからぬ謀をめぐらすとき、山鹿帯刀はかならず中屋敷の役宅に居る。

今日がその日であることを、兵庫は知っていた。

役宅の表口を訪ねてみると、運の悪いことに、藤森定八という馬面の用人頭にみつかった。

鼻持ちならない男で、日頃から兵庫のような寸志御家人を小莫迦にしている。

「何用じゃ、朝早うから」

高飛車に質されても、何食わぬ風を装った。

「山鹿さまに折りいって、お願いしたき儀がござります」

「金の無心なら、わしに言え。ふふ、人斬り代が足りぬのか」

皮肉を叩かれても、兵庫は動じない。

「そうではござらぬ」

「ならば、何じゃ。わが殿は細川家五十四万石の御勘定奉行ぞ。朝っぱらから、おぬしのごとき虫螻（むしけら）に会う暇なぞないわ」

「虫螻と申すか」

「ああ、言った。口惜（くちお）しかったら、刀を抜いてみろ」

阿呆な用人頭に挑発されても、いつものように怒りは感じない。

すべてを捨ててきたのだ。死に身で目途を遂げようとする兵庫に、感情の揺れはいささかもなかった。

「ともあれ、お取次を」

「ならぬと言ったら、どういたす」

「お望みどおり、抜いて進ぜよう」

言うが早いか、兵庫は腰の刀を抜きはなつ。

横薙ぎに薙ぎあげ、藤森の鼻先でぴたりと止めた。

「ぬっ……お、おぬし、こんなことをして、ただで済むとおもうのか」

「雑魚に用はない。拙者は山鹿帯刀と刺しちがえにまいったのだ。邪魔だていたすと、首が飛ぶぞ」

「……ま、待て。今少し、待て」

「もうよい。取次は無用じゃ」

兵庫は刀を峰に返し、藤森の首筋を打った。

「ぬきょっ」

呆気なくもくずおれた用人頭を跨ぎこえ、金剛草履のまま廊下へ踏みだす。

いったん刀を鞘に納め、兵庫は素早く襷掛けを済ませた。

騒ぎに気づいた用人がひとり、廊下の向こうに顔を出す。

「あっ、寸志御家人の菊池兵庫か。おぬし、何をやらかした。そこに倒れておるのは、藤森さまであろう」

「問答無用、けい……っ」

兵庫は床を蹴り、だっと駆けだす。

「狼藉者じゃ、出会え」

大声が廊下に響きわたり、大勢の用人どもが押しよせてきた。

「邪魔だていたすな」

兵庫は陣風となり、狭い廊下を走りぬけた。

「ぬおっ」

用人たちは刀を抜き、つぎつぎに斬りつけてくる。

「はっ」

兵庫は斜めに飛んだ。

右に飛んで壁を蹴り、中空で刀を抜く。

そして、眼下の相手に襲いかかり、脳天を峰で砕いた。

さらには、左へ飛び、壁を斜めに走って向こうへ抜けた。

用人の足を掬(すく)ってひっくり返し、鳩尾(みぞおち)に柄頭(つかがしら)を叩きこむ。

「ぐえっ」

兵庫は同じところに留まらず、つねに動いていた。

タイ捨流の動きは素早く、容易には捕らえがたい。

用人たちは一合(いちごう)すら交えることもなく、たちどころに急所を打たれ、廊下に倒れていった。

襖(ふすま)が破れ、壁は崩れた。

悲鳴と呻きが錯綜(さくそう)し、やがて、追ってくる者もいなくなった。

兵庫は肩の力を抜き、呼吸を整えた。

もはや、足を忍ばせる必要もあるまい。

討つべき者が控える部屋は、わかっている。

何度も呼ばれ、暗殺の密命を告げられたところだ。

襖を開けると、山鹿帯刀はこちらに背を向けて座っていた。

ごくっと、空唾を呑みこむ。

焦るなと、みずからに言い聞かせた。

正面の床の間には水墨画が掛けられ、肥後花菖蒲が大輪の花を咲かせている。

山鹿のかたわらには囲炉裏が切られており、茶釜が白い湯気をあげていた。

「どうした、兵庫。刀なんぞ抜きおって」

山鹿は悠然と振りかえり、大きな鼻を向けてくる。

兵庫は、乾いた唇もとを舐めた。

「山鹿さま、お命頂戴つかまつる」

「さようか」

冷静沈着な対応に、不安の芽が生じた。

「まあ、座れ。朝の一番茶じゃ。死ぬまえに一杯、呑ませてはくれぬか」

よかろうと胸につぶやき、兵庫は刀を鞘に納める。

襖を閉めて正座すると、山鹿が膝を躙りよせてきた。

身構える。

すると、漆黒の楽茶碗を差しだされた。

「本阿弥光悦（ほんあみこうえつ）の黒楽茶碗じゃ。買えば数百両はする」

茶碗の底を覗くと、抹茶が泡を立てている。

「さあ、おぬしも呑むがよい。地獄のとば口へ案内（あない）するのは、それからでも遅くはなかろう」

「されば」

兵庫は黒楽茶碗を乱暴に摑み、片手でぐいっとかたむけた。

ごくごくと、喉仏が上下する。

ひと息に呑みほすと、山鹿は薄笑いを浮かべた。

「どうじゃ、すっきりしたか。教えてもらえるのならば、わしに刃を向ける理由を聞きたいものだな」

「ご自身の胸にお聞きくだされ」

「ぬふふ、そうきよったか。まあ、たしかに、わしは人から疑念を持たれるようなことをしてきたかもしれぬ。されど、すべては藩の行く末をおもってのことじゃ」

「お黙りなされ。見苦しい言い訳は聞きとうありませぬ」

兵庫は片膝を立て、刀の柄に手を添える。

「待たぬか」

山鹿が語調を強めた。

「もしや、花菖蒲のことで恨んでおるのか。わしが平左衛門の手柄を横取りしたとでもおもうておるのであろう。それは誤解ぞ。平左衛門のことは、わが殿のお耳にも入れてある。寸志御家人のことを、殿はたいそうお褒めになっておられたぞ」

「さような戯（ざ）れ言（ごと）、信じるとでもおもうのか」

「なぜ、信じぬ。わしのおかげで、おぬしら父子は生きながらえておるのであろうが。恩を仇（あだ）で返すとは、このことぞ。兵庫、ようく考えてみよ」

「黙れ、おぬしにはわからぬ。寸志御家人にも矜持があることを」

兵庫は立ちあがりかけ、どうしたわけか、刀を取りおとす。

屈（かが）んで刀を拾おうとして、ごろんと畳に転がった。

四肢に力がはいらず、激しい吐き気に襲われる。

「抜かったな。抹茶に毒を混ぜておいたのじゃ」

死にはいたらぬものの、いっとき、全身を麻痺させる毒らしい。

「花菖蒲の樹液もふくまれておる。ふっ、父の育てた花の毒に、やられおったというわけさ」

山鹿帯刀はやおら身を起こし、兵庫の腹を踏みつける。

そして、野太い声を張りあげた。

「出会え、この狼藉者を膾(なます)斬りにいたせ」

背後の襖が左右に開き、さきほど叩きのめされたはずの用人たちが、どっと雪崩(なだ)れこんでくる。

「……ち、父上……む、無念にござる」

見開かれた兵庫の目には、床の間に飾られた花菖蒲が鮮やかに映っていた。

十三

翌日、蔵人介は菊池平左衛門の死を知った。

長屋の大家が遺体の枕元に文をみつけ、文に添えてあった所在をたどって報せにきたのだ。

「屍骸の始末に困っておりましたもので」

狡賢(ずるがしこ)そうな大家は、情けない顔でそう言った。

蔵人介は串部をともなって長屋へおもむき、とりあえずは近くの火葬場でほとけを荼毘(だび)に付した。

相前後して、古川に若い侍の屍骸が浮かんだとの噂を小耳に挟んだ。

不吉な予感がしたので駆けつけてみると、無残にも膾斬りにされた菊池兵庫が筵(むしろ)に寝かされていた。

無縁仏として葬られるところを引きとり、父と同じところで火葬にしてやった。

霧雨の向こうに黒い煙が立ちのぼるのを眺めても、蔵人介は不思議なことに憤りを感じなかった。

冷えきった心の奥底には、蒼白(あおじろ)い炎が灯(とも)っている。

何ひとつ迷うこともなければ、ためらう必要もない。

悪党どものところへ足を運び、無間(むけん)地獄への通行手形を手渡してやるだけのことだ。

父子の骨は埋葬されるべき寺もみつからぬまま、蔵人介が家で預かることにした。

そして、今は暮れゆく縄手の街道を、手負いの串部とともに歩いている。

「亥中(いなか)の月は、望めそうにないな」

天空は分厚い雨雲に覆われ、海原は悽愴(せいそう)として波が牙を剥いてくる。

荒々しい景観でさえも、蔵人介の残酷な心を煽りたてはしなかった。

一方、串部は怒りを抑えきれない。

さきほどから、わけのわからぬ悪態を吐きつづけ、時折、海に向かって山狗(やまいぬ)のように咆吼(ほうこう)していた。

すでに、調べはついている。

今宵は早い刻限から、悪党どもが一堂に会しているはずだった。

手筈どおりにすすめば、さほど手間取りはすまい。

ふたりは裾を濡らし、目途とするところへやってきた。

品川の歩行新宿(かちしんじゅく)にほど近い。東海道の右手には、九州や四国を領する大名たちの下屋敷が壁となって聳えていた。

松並木を隔てて海寄りには、一介の陪臣(またもの)のものとはおもえぬ楼閣がある。

「酔月楼か」

今宵をかぎりに、賑(にぎ)わいは途絶えるにちがいない。

月見の楼閣は、悪党どもの墓場になる。

蔵人介は、振りむかずに問うた。

「串部よ、傷はどうだ」

「ふっ、蚊に刺されたようなものでござる」

二階座敷から、三味線や太鼓の賑やかな音が響いてきた。

蔵人介に顎をしゃくられ、串部はすっと離れていく。

顰(しか)め面を布で隠し、表口に吸いこまれていった。

「きゃあああ」

ほどなくして、二階から女たちの悲鳴が聞こえてきた。

男たちの罵声(ばせい)や怒声も響き、階段から落ちてくる者もある。

蔵人介は表口を睨みつけた。

剣戟(けんげき)の混乱を尻目に、でっぷりと肥えた侍が逃げだしてくる。

出入旗本の水田内記だ。

山鹿帯刀とともに、甘い汁を吸った悪党であった。

蔵人介は降りつける雨をも厭(いと)わず、悠揚(ゆうよう)とした足取りで近づく。

こちらに気づいた水田が、脅えた顔で声を震わす。

「何じゃ、おぬしは」

「問答無用」

蔵人介は吐きすて、間合いを詰めた。

「来るな、来るでない」

水田は刀を抜き、闇雲に振りまわす。

蔵人介は白刃を躱しきり、腰の国次を抜いた。

「ふん」

片手持ちの上段に構え、鉈割りに叩きおとす。

「なひぇっ」

悪党旗本の頭蓋が割れた。

ぴゅっと、血が噴きだす。

「ひぇっ」

後ろで芸者が悲鳴をあげた。

ほとばしる血飛沫に背を向け、蔵人介は何食わぬ顔で暗がりに退いた。

そこへ、串部に追われた月代頭の連中が躍りだしてくる。

誰もが刀を抜き、荒い息を吐いていた。

串部は少しも慌てず、大勢を引きつれて松並木のほうへ向かった。

その間隙を衝くように、山鹿帯刀が表口から大きな鼻を差しだす。

防となって随伴するのは、馬面の用人頭だけだ。

「藤森、待て。どこへ行く」

「殿、あちらへ」

藤森と呼ばれた男は、松並木ではなく、海側の桟橋へ走った。

おもったとおりだ。

蔵人介はゆっくり身を乗りだし、ふたりの影を追った。

海に突きだした桟橋には、灯りが点々とつづいている。

さくっ、さくっと、蔵人介は砂を嚙んで進んだ。

「うえっ」

白い波飛沫を背にして、山鹿帯刀が振りむく。

蔵人介は止まらず、大股でずんずん迫っていった。

山鹿は仰け反りながらも、偉そうに誰何(すいか)してみせる。

「……お、おぬしは、何やつじゃ」

蔵人介は、凄みのある顔で微笑んだ。

「将軍家毒味役、矢背蔵人介と申す」

「……しょ、将軍家毒味役じゃと」

「さよう」

用人頭の藤森には目もくれず、蔵人介は一歩踏みだす。

「山鹿帯刀、おぬしの命を貰いうける」

「なつ、何故じゃ」

「わからぬのか。おぬしは、寸志御家人の矜持を踏みにじった。死んで償うしかあるまい」

「げっ、待て」

山鹿はうろたえ、泣きそうになる。

蔵人介は、刺すように睨みつけた。

「何を待つ。菊池兵庫を膾斬りにせしめたであろうが」

「……お、おぬし、菊池兵庫の知りあいなのか」

「いいや」

蔵人介があっさり応じると、山鹿は首をかしげた。

「知りあいでなければ、何なのじゃ」

「はて。いささか存じよりの者、とでも申しておこう」

「わからぬ。親しくもない者のために、刀を抜くのか」

「抜くのさ。人を人ともおもわぬ悪党には、きっちり引導を渡さねばなるまい」

馬面の藤森が刀を抜き、横合いから斬りつけてきた。

「死ね」

八相からの袈裟懸けだ。

蔵人介は躱しもせず、斜太刀で薙ぎあげる。

――ばすっ。

馬面の素首が飛んだ。

返り血をかいくぐり、血に塗れた国次を車に落とす。

「是極一刀、飛ばし首にて候」

蔵人介の眸子が異様な光を放った。

「ひぇっ」

山鹿は叫び、腰の刀を抜きはなつ。

「でやっ」

蔵人介は一瞬早く、悪党の小手を断った。

さらに身を沈め、下腹を横一文字に裂く。

「ぬげっ」

鮮血とともに、小腸がぞろぞろ溢れだした。

擦りつけの一刀。

菊池兵庫の必殺技にほかならない。

山鹿帯刀は前のめりに倒れ、二度と起きあがってこなかった。

寄せては返す波音が、静けさをいっそう際立たせる。

――ぶん。

蔵人介は血振りを済ませ、国次を鞘に納めた。

凄惨な光景は、次第に深まる闇に隠されていく。

すべての魂が浄化されることを、祈らずにはいられない。

蔵人介は暗澹とした海原に背を向け、頭を垂れて歩きはじめた。

十四

菊池父子の初七日は過ぎた。

ふたりの遺骨は、菖翁の檀那寺に安置してもらうことになった。

ようやく、長くつづいた梅雨も明ける。

蒸し暑い油照りのなか、蔵人介は幸恵とふたりで麻布へやってきた。

「義母上は、わかりやすいおひとです」

「ん、どうしたのだ」

「今朝ほどまでは、あれほどご機嫌斜めであらせられたに、蔵人介さまが御台所方から頂戴してきた羊羹をひと棹お持ち帰りになると、途端に機嫌を直しておしまいに」

「あれはな、そんじょそこらの羊羹ではないぞ。深川佐賀町は『船橋屋』の羊羹さ」

「それゆえにでござります。義母上は甘味の御用達に、めっぽう弱くていらっしゃる」

「狙いどおりであったな」

「まことに」

幸恵はさも可笑しそうに笑い、急ぎ足で歩きだす。

蔵人介は両腕で、鉢植えを抱いていた。

菊池平左衛門の枕元に置かれていたものだ。

花は枯れても、株は土のなかに残っている。

名人のもとへ持っていけば、再生できるとおもった。

闇の市場では、何百両もの値がつく貴重な株らしい。

花株の落ちつくさきは、菖翁のもとがふさわしかろう。

麻布は江戸の外れだけあって、どこを歩いても畑が広がっていた。

野良着姿の百姓が牛を牽いていたり、小川に釣り糸を垂らす年寄りがいたりと、目に映るのは心休まる風景ばかりだ。

ところが、武家地へつづく四つ辻の角を曲がったところで、ふたりは足を止めた。

大勢の人々が列をなしている。

「こいつは驚いた」

「いったい、何事でござりましょう」

武士もいれば、町人もいた。

なかには、順番で揉めている者たちもいる。

そして、多くの者は、空の鉢を手に携えていた。

「おひとり、株ひとつで願います。おひとり、ひとつで願います」

苗屋らしき男が、列に並んだ人々に触れまわっている。

蔵人介は苗屋を呼びとめ、事情を質してみた。

「おや、ご存じないのですか。菖翁さまが、お手持ちの秘蔵株を無料で分けてくださるのですよ」

噂を耳にした連中が、近所だけではなく、巣鴨や日暮里などの遠方からも押しよせているらしかった。

「しんがりに並んだら、日が暮れそうだな。幸恵、どうする」

「出直してまいりましょうか」

「ふむ。されど、この鉢はどういたす」

「みようみまねで育ててあげ、見事に花を咲かせてやりましょうぞ」

「よし、そうときまれば、善は急げだ」

蔵人介は踵を返した。

「幸恵、小腹が空かぬか」

「えっ」

「青山の梅窓院をまわって帰ろう。門前町に美味い蕎麦屋があるのだ」

「はい」

爽やかに応じる妻にたいして、聞いてみたいことがひとつあった。

「幸恵よ、菊池兵庫のことだが」

「すみません。そのお方のことは、すっかり忘れてしまいました」

「ん、まことか」

「先日から菊池兵庫さまのことばかり仰いますが、正直なところ、お顔すらおもいだせぬのでございます」

幸恵は困惑したように漏らす。

おそらく、嘘ではあるまい。

人の記憶とは曖昧で便利なものだ。

幸恵に心を乱された記憶も、三日も経てば消えてしまうのであろう。

——えひゃらひゃっこい、ひゃらひゃっこい。

辻向こうから、夏の物売りが陽炎のように近づいてくる。

蔵人介は強い日射しを避けるべく、軒下の暗がりを探しはじめた。

子捨て成敗（せいばい）

一

水無月（みなづき）、小暑（しょうしょ）。

舌を垂らした野良犬が、気だるそうな眼差しを向けてくる。

灼熱（しゃくねつ）の陽光に照らされた表通りは、まるで、煮立った鍋のようだ。

蔵人介は自邸のある市ケ谷御納戸町の武家地を抜けて焼（や）き餅坂（もちざか）を下り、牛込原町（うしごめはらまち）へ向かった。

庇（ひさし）のつくる影が濃い。

原町界隈は寺の多いところだ。細長い往来の左右は門前町を形成しており、土埃（つちぼこり）に混じって抹香（まっこう）臭い風が吹きぬけている。

突如、赤子の泣き声が聞こえてきた。

数珠屋の店先だ。

表口に水晶のかたまりが飾ってある。

赤子が泣きやんだので、蔵人介は何の気なしに近づいた。

覗いてみると、麻の産着にくるまった生まれたばかりの赤子がいる。

店の表口は閉めきられ、通行人たちはみてみぬふりをしているので、仕方なく産着ごと抱きあげた。

刹那、赤子が泣きだした。

慌てて元のところに戻すと、腰の曲がった老婆が通りかかる。

「おやおや、お侍の子捨てかえ。世も末だねえ。育てる気がないんなら、産ませなきゃいいのに。罪なはなしだよ、くわばらくわばら」

老婆は言いたいことを言って居なくなった。

何やら罪なことをしてしまった気になる。

ふたたび、蔵人介は赤子を抱きあげた。

恐々ながら覗いてみると、いとけない顔で笑っている。

そんなつもりは毛ほどもなかったのに、とりあえずは家へ連れていくことにした。

軒下を抜けだすと、強烈な日射しに月代（さかやき）を焼かれた。

赤ん坊を抱いた侍がよほどめずらしいのか、擦れちがった連中は遠慮がちに目を向けてくる。

それでも、声を掛けてくれる者はいない。

蔵人介は首をかしげ、理由をはかりかねた。

世話好きな江戸者ならば、声を掛けてきてもよさそうなものだ。

「わしのせいか」

なるほど、蔵人介はどちらかと言えば強面（こわもて）だし、人を寄せつけない雰囲気を放っている。

大量の汗を掻（か）きながら焼き餅坂を上り、急ぎ足で御納戸町をめざした。

途中で赤子に水をふくませてやり、できるだけ日陰を選んで歩きつづける。

赤子を目にしたときの志乃や幸恵の反応が恐くもあり、楽しみでもあった。

それにしても、気まぐれに散策した日にかぎって捨て子を拾うとは運が悪い。

牛込原町の一角に評判の町道場があると聞いて、散策がてら足を延ばしたのだ。

じつは、春先から志乃や幸恵にせつかれ、蔵人介は暇をみつけては鐵太郎の通う町道場を訪ねまわっていた。

道場主や師範代と立ちあわずとも、面と向かえば力量のほどはわかる。

麹町（こうじまち）や虎ノ門（とらのもん）にも足を延ばし、いくつかまわってはみたものの、いずれも評判倒れで蔵人介の意に添うところはない。さきほど訪ねた道場も、御先手組（おさきてぐみ）の子弟たちが大勢通っているという触れこみにしては、道場主の力量が疑わしかった。

もっとも、蔵人介は自分を基準にしているので、要求する壁が高すぎる。

ならばいっそ、おのれの手で指南してやればよいともおもう。

蔵人介でなくとも、薙刀（なぎなた）指南の免状を持つ志乃は気が向けば鐵太郎と手合わせをしてきたし、幸恵にも人並み優れた武道の心得はある。

だが、どう贔屓目（ひいきめ）に眺めても、鐵太郎には剣の才能がなかった。

教えればそれが如実にわかるので、教える気力も失せてしまう。

そのうえ、矢背家の面々はみな、人に教えるのが得意ではない。

教えたことができないとすぐに苛々（いらいら）してしまい、相手の欠点をみつけようものなら、その欠点を叩きなおそうとして、とことん厳しく攻めつづける。

あまりに過酷な鍛錬なので、鐵太郎はいつも責め苦を受けているようだった。

持って生まれた才能さえあれば厳しく接してもよいが、才能のない者ならば剣を捨ててしまいかねない。

世の中には剣の力量は今ひとつでも、教え方の巧みな者はけっこういる。

志乃や幸恵とも相談したところ、そうした指南役のほうが鐵太郎には合っているのではないかという意見で一致していた。

ところが、いざ捜しだすとなると、容易なことではない。

炎天のもとで途方に暮れかけていたとき、蔵人介は赤子の声を聞いたのだ。

「これもまた因縁か」

暑さのせいもあって、頭が冷静にはたらいていない。

蔵人介は赤子を抱きなおし、自邸の冠木門を潜りぬけた。

庭に咲く凌霄花が目に眩しい。

昼餉の頃合いなので、家人も奉公人も雁首を揃えているはずだ。

最初に目が合ったのは、野良着姿の吾助であった。

「あっ、お殿さま、お戻りなされませ」

鍬を手にした吾助は背中を向け、玄関口へ駆けていく。

「お殿さまのお戻りにござります」

玄関までは、大声をあげるほど遠くない。

逸る気持ちを抑えつつ、敷居をまたいだ。

女たちが当主を出迎えるべく、廊下の片側に並んで正座をしている。

「お戻りなされませ」

と、幸恵が言った。

そのあとのことばがつづかない。

みな、蔵人介の抱いた赤子をみつめ、口をぽかんと開けている。

志乃がやおら立ちあがった。

上がり框で仁王立ちになり、蔵人介を見下ろす。

「おぬしの子か」

昂然と唾を飛ばしてみせた。

蔵人介は仰天し、慌てて否定する。

「何を仰います。捨て子にござるよ。拙者、捨て子を拾ってまいりました」

自慢げに胸を張るや、志乃に冷水を浴びせられた。

「たわけ、わが家で捨て子を育てると申すのか」

刹那、赤子が泣きだした。

幸恵が両手を差しのべ、産着ごと受けとってくれる。

「おや、泣きやんだ。義母上、ほら」

志乃は赤子をみせられ、途端に相好をくずす。

「まあ、可愛い」

武家奉公の町娘たちも身を寄せ、口々に「可愛い」を連発した。

赤子はむずかり、またもや泣きはじめる。

「お乳を欲しがっているようですね」

志乃は訳知り顔で言い、まわりの女たちをみまわす。

女中頭のおせきがまず首を振り、町娘たちも首を振る。

最後に幸恵が首を横に振り、志乃は深々と溜息を吐いた。

「ここにお乳の出る者はおらぬ。さりとて、乳母を雇うお金もない。困りましたね」

幸恵の顔に、ぱっと光が射した。

「錦どのが仰っていました。お乳が出すぎて困ると」

錦とは、幸恵の実弟である綾辻市之進のもとへ嫁した旗本の娘だ。

子育ての先達でもある幸恵を頼って、頻繁に矢背家を訪れていた。

「なるほど、錦どのなら気兼ねなくお願いできるやも」

「義母上、これでひと安心にございますね」

幸恵のことばに、志乃はじっくりうなずく。

そして、女たちを盛りたてた。

「さあ、今日から忙しくなりますよ。みなもよう、心得ておくように」

「はい」

何やら、合戦前の炊きだしをするかのような勢いだ。

蔵人介はひとり置き去りにされたまま、三和土（たたき）の隅で小さくなっている。

「とんだ拾い物にござりましたな」

吾助が歯のない口で笑った。

用人の串部がここにいたら、腹を抱えて大笑したにちがいない。

赤子を抱いた蔵人介のすがたは、たしかに、どう眺めても可笑（おか）しすぎる。

「鬼に飴玉（あめだま）を持たせたようなものにござります」

妙な喩（たと）えを持ちだし、吾助がまた笑いかけてきた。

二

四日目の朝。

甲州屋長兵衛と名乗る商人が、番頭をともなって訪ねてきた。

「じつは、捨て子のことでおはなしが」

と言うので、蔵人介は冷静さを装い、主従を客間に通した。

甲州屋は正座するなり、さっそく切りだす。

「矢背さま、手前どもの店先で赤子を拾われましたな」

「なるほど、そちは牛込原町の数珠屋か」

「はい」

蔵人介は、店先に飾られた水晶のかたまりをおもいだした。

「なぜ、わしの素姓がわかったのだ」

「あの日、矢背さまのあとを、番頭の与志三に追わせたのでございます。もちろん、赤子の泣き声も聞いておりました。お声を掛けなんだのには、少々込みいった事情がございましたもので」

「事情だと」

蔵人介が声を荒らげると、主従は畳に平伏した。

「どうか、ご容赦を。こちらをご覧ください」

甲州屋が差しだしたのは、公儀から頂戴したという「善行褒賞」のお墨付きだった。

蔵人介はざっと目を通し、納得顔でうなずく。

甲州屋はみずから捨て子を預かってきたばかりか、捨て子の里親になってくれた者に養育費を提供してきた。赤子の数が三十人を超えるにおよんで、善行が公儀の知るところとなり、江戸町奉行より「殊勝なるおこない」と評されたのだ。

「春先の鉄砲水で府内の一部が水浸しとなり、多くの家や人の命が失われました。一家の大黒柱を亡くし、子どもを育てられなくなった母親も大勢おります。捨て子も増えました」

放っておけず、拾って里親を募ったところ、それが噂になってひろまり、かえって子を捨てる不心得者が増えた。

「店先で捨て子の泣き声を聞かぬ日は無くなりました。それでも、里親になっていただける方は多く、どうにかまわしておりましたが、ここにいたって善行が裏目に出るような出来事が表沙汰になってまいりましてな」

甲州屋はことばを呑み、顔を曇らせる。

「じつは、金子目当てに捨て子を引きうける者たちが後を絶たぬのでございます」

小悪党どもは甲州屋から養育費を受けとるや、引きとった赤子を別の場所へ捨てるのだという。

「里子に出したはずの赤子が隣町の町角で泣いているのかとおもうと、情けなくなってしまいます。まったく、世の中にはあくどい輩が多すぎる」

蔵人介は、表情を変えずにうなずいた。

「事情はよくわかった。されど、なにゆえ、拙宅をお訪ねになったのか」

待ってましたと言わんばかりに、甲州屋は指を三本差しだす。

「失礼ながら、三日間だけ様子をみさせていただきました。矢背さまが正しく里親になっていただけるお方かどうか、恐れながら、見極めるためにでござります。三日坊主ということばもござりますからな」

無礼な言いまわしにかちんときたが、我慢して耳をかたむける。

甲州屋は、後ろに控える番頭に合図を送った。

「与志三、例のものを」

「へえ」

呼ばれた番頭が素早く身を寄せ、袱紗（ふくさ）に包んだものを差しだす。

甲州屋が平伏した。

「ほんの気持ちにござります。お受けとりくださりませ」

「待ってくれ。さようなものを受けとる謂(い)われはない」

「えっ、それはまた、なぜにござりましょう」

あらためて問われ、蔵人介は返答に窮(きゅう)した。

理由があるとすれば、貧乏旗本の意地ということにでもなろうか。

「どうしても、お受けとりいただけませぬか。ここには、十両ござります」

「十両か」

「はい。手前の店は水晶や琥珀(こはく)でつくった数珠の老舗にござります。おかげさまで諸藩から幅広く御用を承り、貯(たくわ)えができるほど儲けさせていただきました。手前は世間に恩返しがしたいのです。けっして、疚(やま)しい金子ではござりませぬ。これは隠居金(いんきょがね)の一部なのでござります」

「隠居金なあ」

「もうすぐ、店をたたむつもりでおります」

継がせる子がいないのか、それとも、誰にも継がせる気がないのか、そのあたりのことは喋りたくないらしい。

「老いた妻とともに、あとは余生を送るのみ。さりとて、貯えを腐らせるわけにもまいりませぬ。どうか、ご遠慮なさらずにお受けくださいまし」

蔵人介は毅然と構え、首を横に振る。

「事情はあいわかった。お気持ちだけ頂戴するといたそう」

大見得を切った瞬間、甲州屋の背後の襖が左右に開いた。

誰かとおもえば、志乃が堂々とした物腰で立っている。

予期せぬことゆえ、甲州屋主従は口をぽかんと開けた。

「養母上、いかがなされた」

蔵人介に質され、志乃は重々しく発する。

「ご当主どの、せっかくのご厚情をお断りするおつもりか。謹んでお受けなされ」

「されど」

「されどもへったくれもない。痩せ蛙が痩せ我慢してどうなさる」

志乃の迫力に気圧され、仏頂面の「痩せ蛙」は折れた。

「されば、謹んで」

金子を受けとり、袱紗だけ戻す。

志乃が主従を見下ろし、満足げに微笑んだ。

「本来なら、お受けできぬ金子にございます。あくまでも、お乳代としてお預かりしておきまする」

「へへえ」

甲州屋は両手をつき、志乃に向かって平伏する。

そのままこちらに向きなおり、くいっと顔を持ちあげた。

「矢背さまに、折りいってお願いがございます」

「何かな」

蔵人介が応じると、甲州屋はここぞとばかりに、来訪のもうひとつの目途を漏らす。

「じつは、懲らしめてほしい相手がございます」

その人物は「甲州屋は稀にみる悪党で、捨て子を拾っては売りとばしている」と、ありもしないことを吹聴しているらしい。

「狙いは手前の隠居金にございます」

甲州屋は強請を掛けられているという。

蔵人介が口を尖らせた。

「藪から棒なはなしだな。そもそも、なぜ、われらに難事を頼む」

「まことに失礼ながら、矢背さまのお噂をお聞きしました。お毒味役であられるにもかかわらず、剣術の腕前は幕臣随一。しかも、御家は神仏ではなく、鬼を奉じておられるとか。鬼を奉じる方々なれば、かならずや、心を鬼にして悪党を退治してくれるに相違ない。哀れな数珠屋の望みを、きっとかなえてくださるであろうと。勝手に、そうおもいこんだのでございます」

「ふうむ」

何やら、面倒なことになりそうだ。

甲州屋主従は、畳に額を擦りつける。

「どうか、どうか、お聞きとどけくださいませ」

蔵人介が応じかねていると、志乃が口をひらいた。

「お手をおあげなされ。よろしい、望みをかなえて差しあげましょう」

いつもの安請（やす）けあいだ。

蔵人介は、げんなりする。

「……ま、まことにお受けいただけるのでございますか。かたじけのう存じまする」

甲州屋は亀のように顔をあげ、口をへの字に曲げた。

「大奥さま、お受けいただいたあとに恐縮ではございますが、相手はただの悪党ではございませぬ」

「ほう」

「じつは、小銀杏髷（こいちょうまげ）を結った南町奉行所の同心なのでござります」

「ふうん」

「頭が切れるうえに、腕も立ちます」

「おいおい、待ってくれ」

蔵人介は慌てた。

「そういったはなしは、願い事をするまえに言っておくべきであろう」

「へへえ」

甲州屋はまた、額を畳に擦りつける。

最初から肝心なことは後出しにする腹でいたのだろう。

蔵人介が顔をしかめる一方で、志乃は眉ひとつ動かさない。

懲らしめるべき相手が十手（じって）持ちだろうと誰だろうと、一度口にした約束を引っこめる気はないのだ。

数珠屋主従は押し黙ったまま、顔をあげようともしない。

どっちにしろ、汗を掻かねばならぬのは蔵人介のほうだ。

突如、離室（はなれ）のほうから、赤子の泣き声が聞こえてくる。

「おや、お乳が切れたようですね」

志乃はひとりごち、目尻を下げた。

三

数珠屋に強請（ゆすり）を仕掛けている同心の名は、塔野源五郎（とうのげんごろう）といった。

府内の自身番（じしんばん）をみまわる町会所廻り（まちかいしょまわり）で、ぎょろ目を剝（む）いた顔は鯔（ぼら）に似ている。

鯔が釣れるのは秋口だが、釣りあげて食っても美味くはあるまい。鯔のように出世も望めぬ三十俵二人扶持の同心であるにもかかわらず、肩で風を切って満足げに歩いているのは、袖の下をたんまり貯めこんでいるからだ。

「芳（かんば）しい噂を聞きませんね」

顔を近づけて囁（ささや）くのは、俎河岸（まないたがし）の実家からやってきた義弟の綾辻市之進である。

「毎日毎晩、縄張り内の商家を訪ねては平然と袖の下を要求し、高利貸しや女郎屋の元締めからは儲けの上前をはねております。地廻りの連中とも通じていて、寺銭（てらせん）の代わりに手柄をせがむこともある」

つまり、罪を犯した下っ端が親分に命じられ、自分からお縄になりにくる。

塔野は何の苦労もせずに、手柄を立てるというからくりだ。

「何も、めずらしいことではあるまい。廻り方の同心は例外なく甘い汁を吸い、われら旗本の何倍も贅沢な暮らしをしておる」

「仰るとおり、塔野も本所に妾を囲っているようです。悋気の強い男で、妾宅を留守にするときは、妾を奥座敷に繋いでおくのだとか。真実だとすれば、とんでもなく嫌なやつですね」

市之進は狷介な目付のもとで徒目付の任にあり、目を光らせる相手はおもに城勤めの幕臣たちだった。町奉行所の同心は網を掛ける範疇にない。それでも、熱心に調べてくれたのは、拾い子の乳母を喜んで引きうけた妻の錦に尻を叩かれたせいだ。

「錦どのには申し訳ない頼み事をしたな。わしが捨て子を拾ったばかりに」

「お気になされますな。人の情がある者ならば、誰もが義兄上と同じことをいたしましょう。どうか、錦のことはお気になさらぬよう。あれは姉上を慕っておりますから、いっしょにいられる口実ができて、かえって喜んでおります」

「ひょっとして、俎河岸の姑どのと折りあいでも悪いのか」

「まあ、どこの家にもあることにございますよ。義兄上のほうが拙者より、気苦労が絶えぬのではありませんか」

市之進は矢背家の中心に鎮座する志乃を敬(うやま)いつつも、一方では恐れを抱いており、姉の幸恵が苦労しているのではないかと案じていた。

義弟が案ずるほど、嫁と姑の仲は悪くない。

それを説くのも面倒なので、蔵人介は黙ってうなずいた。

今日も朝から日射しが強い。

ふたりは肩を並べて焼き餅坂を下り、牛込原町までやってきた。

塔野源五郎を芝神明(しばしんめい)の盛り場から尾行し、捨て子を拾った数珠屋の近くまでたどりついたのだ。

汗かきの市之進は、月代を手拭いでしきりに拭った。

寺町の往来には土埃が巻きあがり、彼方の辻に佇(たたず)む百日紅(さるすべり)が陽炎(かげろう)のように揺らめいている。

門前の水茶屋で冷たい麦茶でも呑みたいと、蔵人介はおもった。

ふと気づいてみれば、塔野の背中が消えている。

「あれ、どこに行きやがった」

市之進は目を擦(こす)る。

ふたりは慎重に歩を進めた。

すると、ずんぐりした猪首（いくび）の男が前方にあらわれた。

市之進は足を止め、さっと物陰に隠れる。

どうやら、見知った顔らしい。

「あの男は念仏（ねんぶつ）の斧次（おのじ）、塔野が使っている岡っ引きです。元は寺小姓（てらこしょう）らしく、それで念仏と呼ばれているのだとか」

「ふうん」

斧次は後ろに、ひょろ長い優男（やさおとこ）をしたがえていた。

「あれは」

「ちとわかりませぬな」

蔵人介は首を突きだし、周囲の物陰に目を凝らす。

塔野はいない。

だが、近くに潜んでいる気配はあった。

岡っ引きと優男が足を向けたさきは、水晶のかたまりが表口に飾られた甲州屋だ。

「たのもう、たのもう」

斧次が大声を張りあげる。

板戸は開いているものの、商売をたたんだのか、店先は薄暗い。

斧次は暗がりに向かって、意外な台詞（せりふ）を吐いた。

「おい、甲州屋。長吉（ちょうきち）を連れてきてやったぜ。勘当（かんどう）しても惣領（そうりょう）は惣領、顔くれえみせてくれてもいいだろう」

優男はどうやら、勘当された甲州屋の息子らしい。

蔵人介と市之進は、おもわず顔を見合わせた。

しばらくすると、奥から主人の長兵衛が蒼白（あおじろ）い顔であらわれた。

長吉の顔をみるなり、叱責（しっせき）の声をあげる。

「どの面（つら）下げて帰ってきたのだ。親子の縁は切ったはずであろうが」

すかさず、斧次がなかに割ってはいった。

「まあまあ、せっかく三月（みつき）ぶりに顔をみせたんじゃねえか。おめえさんも、そこまで尖ることはあんめえ」

はなしぶりから推（お）すと、斧次は甲州屋の事情に精通しているようだ。

長兵衛が眦（まなじり）を吊りあげた。

「念仏の親分、こいつがまた何かやらかしたのですか」

「ああ、やらかした。賭場で二十両もの借金をこさえちまった。簀巻（すま）きにして川へ抛られるところを、おれさまが何とか頼んでやめてもらったってわけだ」

嘘臭いはなしだ。

長兵衛も眉に唾をつけながら質す。

「賭場を仕切る親分さんは、どなたです」

「鮫ケ橋の弥十さ。怒らせたら恐え地廻りだぜ。でもよ、そいつを聞いてどうする」

「手前が直にお伺いし、お金は何とかいたします」

「待ってくれ。おれの顔を潰す気か。瘦せても枯れても、お上からこいつを与る身だぜ。舐めてもらっちゃ困る」

十手を差しだす斧次に凄まれ、長兵衛は折れた。

「かしこまりました。ちょいとお待ちを」

奥へ引っこみ、金子を奉書紙に包んで持ってくる。

斧次は中味を調べ、満足げに袖へ入れた。

一部始終を眺めていた長吉が、顔をしかめてみせる。

どうやら、親の目をまともにみることもできぬらしい。

阿漕な連中に脅されて、親から金を引きだす手伝いをさせられているのだろう。

長兵衛は目に涙を溜め、声を震わす。

「念仏の親分、これで仕舞いにしてください。こんど同じ過ちをやったら、そやつを簀巻きにして川に抛ってもけっこうにござります。それこそ、自業自得というものにござりましょう」

「旦那、そいつはあんまりだぜ。長吉はな、おめえさんに拾われ、育ててもらった恩を忘れちゃいねえ。いつかは恩返ししなきゃならねえと、心の底ではおもっているのさ。でもな、一度身についた怠け癖ってな、そう簡単に治るもんじゃねえ。病と同じだ。根気よく治すっきゃねえのさ。おれでよけりゃ、いつだって助けてやるぜ」

長吉を悪の道に引っぱりこんだ張本人が、歯の浮くような台詞を並べたてているのだろう。

父親の長兵衛は首を横に振りながら、店の奥に引っこんでしまった。

「ちっ」

斧次は舌打ちをかまし、長吉の頭を平手で打つ。

そして、首根っこを摑み、往来を隔てて聳える犬槐の木陰まで連れていった。

「岡っ引きめ」

市之進が、頬を膨らまして吐きすてる。

「義兄上、ちと痛めつけてやりましょう」

「待て」

蔵人介は、身を乗りだす義弟の腕を取った。

眼差しのさきには、大きな人影が映っている。

塔野源五郎だ。

斧次は甲州屋長兵衛からせしめた二十両を、そっくり塔野に手渡し、数両の手間賃を貰っていた。

後ろに控えた長吉は俯き、顔をあげることもできない。

塔野はふたりを木陰に残し、何事もなかったように歩きだす。

袖を靡かせて颯爽と歩く背中は、抗いがたい壁となって善人のまえに立ちはだかっている。

「なるほど、懲らしめ甲斐のありそうな手合いだな」

蔵人介は落ちつきはらった口調で漏らし、怒りのおさまらぬ市之進に笑いかけた。

四

甲州屋主従が家に訪ねてきてから、早くも三日経った。

相手は町奉行所の同心だけに、懲らしめるといっても慎重を期さねばならない。

妙案が浮かばずにいると、仏間にいる志乃に呼びつけられた。

「養母上、お呼びでしょうか」

同心の始末を催促されるのかとおもったら、済まなそうな顔で仏壇の背後から反物を取りだす。

「久方ぶりに駿河町の界隈を散策していたら、店前現銀掛値無しの看板が目に飛びこんできてねえ」

丁寧に包み紙を開いてみると、濃紺地に金糸で鳳凰唐草模様をあしらった目にも鮮やかな反物があらわれた。

「少しだけ覗いてみようとおもったら、愛想のいい番頭に薦められてねえ。なにせ、これだけのお品を五両にまけると申すのじゃ」

「甲州屋から預かった十両のうち、半分を使ったというわけですな」

「おや、たしなめるおつもりかえ」

「いいえ」

怒ったように応じると、志乃は言い訳がましくつづける。

「幸恵さんにも、おつきあいいただいたのですよ。あなたもいかがとお薦めしたのだけれど、ご遠慮なさってねえ。可哀相だから、半襟を買ってさしあげました。一朱もする天鵞絨の半襟ですよ」

「さようでしたか」

皮肉のひとつも言ってやりたいが、あとが面倒なので我慢する。

「五両と申せば大金ゆえ、ご当主にはきちんとご報告せねばなるまいとおもうてな」

「それはどうも」

「この反物、わたくしには贅沢にすぎようか」

「いいえ、よくお似合いになりましょう」

「まことか。されば、仕立ててみるか」

「それがよろしいかと」

蔵人介は、腹のなかとはうらはらの台詞を述べた。

「清貧に甘んじていただくのも限界がございます。たまには、どんと贅沢をしていただかねば、こちらの憂さも晴れませぬ。その反物をお召しになった養母上のおすがたが、早うみてみたいものにございまする」

志乃は一瞬、呆気にとられた顔をした。

そして、満面の笑みを浮かべる。

「まことに、そうおもわれるのか」

「はい」

「ほほほ、さすがは矢背家のご当主。だてに毒を啖うてばかりはおらぬ」

志乃は上機嫌で言いそえた。

「おぬしが拾ってきた赤子、そろりと名を付けてやらねばなるまいのう」

「えっ」

「だいいち、矢背家の跡取りになるやもしれぬ男の子じゃ」

「跡取りでございますか」

蔵人介は訝しんだ。

「鐵太郎はどうなります」

志乃は問われ、襟を正す。

「矢背家を継ぐ者は、心身ともに強くあらねばならぬ。鐵太郎は心根が優しすぎて、何とも頼りになりませぬ」

たしかに、志乃の嘆きは蔵人介の悩みでもある。

だが、拾ってきたばかりの子に矢背家を託すのは、あまりに気が早すぎるのではあるまいか。

志乃はしかし、蔵人介の考えなど斟酌しない。

「赤子の名、金十郎はどうであろうの」

と、楽しげに漏らす。

「金十郎でござりますか」

「さよう、金十両に引っかけたのじゃ」

「それは、あんまりにござりましょう」

「ほかに、これといった名でもあるのか」

ぐっと顔を寄せられ、蔵人介はたじろいだ。

「長吉は、いかがにござりましょう」

苦しまぎれに、甲州屋に勘当された放蕩息子の名を漏らす。

志乃が、まんざらでもなさそうに目を細めた。

「吉が長くつづくようにか。なるほど、わるくない。よし、長吉にいたそう」

そこへ、幸恵が慌てた様子でやってきた。

「たいへんにござります。捨て子の母親らしきおなごが訪ねてまいりました」

「何じゃと」

仰天したのは志乃ばかりではない。蔵人介もことばを失った。

きっと、放蕩息子の名を付けた罰が当たったのだ。

ふたりは立ちあがって幸恵の背につづき、おなごの待つ客間へ急いだ。

襖を開けはなつと、みすぼらしい着物を纏った若い女が下座にかしこまっている。

床の間を背にした上座には蔵人介が座り、右手には太刀持ちよろしく志乃がでんと陣取った。

「面をあげよ」

志乃が声を尖らす。

まるで、白洲で罪人を裁く町奉行のようだ。

女は恐怖に駆られて顔もあげられず、身を固めている。

みかねた幸恵がそっと近づき、優しく肩に触れてやった。

「多津さんと仰いましたね。さあ、お顔をあげてご覧なさい。何ひとつ恐れることはありませんよ」

促されて顔をあげると、志乃の厳しい眼差しが待っていた。

「ここは鬼役の家じゃが、鬼が棲(す)んでいるわけではない。煮殺して食う気はないゆえ、安堵いたすがよい」

「へへえ」

女は志乃の迫力に脅え、さきほどよりも深く平伏した。

まるで、閻魔(えんま)大王のまえに引きずりだされた罪人のようだ。

だが、女はまだ若い。

十七、八の娘であろうと、蔵人介は踏んだ。

「養母上、拙者が質す役を引きうけましょう」

「ん、さようか。まあ、よかろう」

許しが出たので、蔵人介はやわらかい口調で質す。

「この家のこと、甲州屋に聞いてきたのか」

「……は、はい」

「おぬしが捨てた赤子であるという証(あかし)は」

「……う、産着に、文を添えておきました」

多津という娘は、掠れた声を絞りだす。

幸恵が、用意していた水を差しだした。

多津は遠慮がちに茶碗を受けとり、ごくごくと一気に呑みほす。

それを待って、蔵人介は確かめた。

「文などなかったぞ」

「甲州屋の旦那さまがお持ちでした」

「なるほど、甲州屋め、文のことを黙っておったのか」

文には「長吉のことをなにとぞよしなにお願いします」と記したらしい。

それを聞いて、志乃が目を剝いた。

「あの赤子、長吉と申すのか」

「はい。旦那さまには信じていただけませんでしたが、若旦那の長吉さんとのあいだにできた子なんです。それで、同じ名を」

「げっ」

驚いた蔵人介を、志乃が睨みつける。

「ご当主どの、長吉という名を存じておったのか」

ごくっと空唾を呑み、蔵人介は甲州屋の事情を志乃に説いた。

「なるほど、勘当した放蕩息子がおったわけじゃな」

志乃は憤然と言いはなつ。

「甲州屋め、都合のわるいことは隠しおって。多津という娘の言うことが真実（まこと）ならば、あの赤子、甲州屋の孫ということになるではないか。わかったぞ、孫を戻してほしくなったのじゃな。されど、こちらに捨て子を押しつけて頼み事までした手前、自分では足を運び辛くなり、おぬしを寄こした。そういうことか」

「お待ちください。ちがいます。けっして、そうではありません」

多津は必死に説いた。

「旦那さまは、勘当した者の子など孫でも何でもない。顔もみたくないと仰いました。それでも、わたしが赤子を返してほしいと泣いて頼んだところ、渋々ながら矢背さまのことを教えてくださったのです」

「ここへ来たのは、あくまでも、自分の意志と申すのか」

「はい」

多津は三つ指をつき、志乃をまっすぐにみつめた。

「育てられぬとおもって、いったんは捨てました。されど、今になって何て莫迦なことをしたのだろうと、おもいなおしたのでございます。もう一度、あの子をこの手で抱きしめたい。身勝手なお願いだとはおもいます。されど、わたしにはお願いするしかありません。どうか、どうか、あの子を……」

膝を躙りよせる母親の気迫に、さすがの志乃も息を呑んだ。

されど、言うべきことは言わねばならぬ。

蔵人介は顎を突きだし、あくまでも冷静に発した。

「子にとっての一番の幸福は、産みの親のもとで育ててもらうことだ。ゆえに、あの子を母のもとへ返すことに吝かでない。されどな、一度子を捨てた者を信じろというのは無理なはなしだ。おぬしに子を育てることができるのか否か、見極めがつくまでは返すわけにいかぬ」

「……お、仰るとおりにござります……う、うう」

多津は畳に両手をつき、慟哭しはじめる。

蔵人介はかけることばを失い、じっと黙りこむ。

「しばらくは、泣かせてやるしかあるまい」

志乃は、みずからに言い聞かせるように囁いた。

五

多津の口から「鯖江彦市」という姓名を聞いたとき、蔵人介の脳裏には二年前の記憶が鮮やかに蘇ってきた。「鯖江」というめずらしい姓を聞いて、実直そうな包丁人の悲しげな顔を浮かべたのだ。

彦市は御膳所のなかでも一級の腕を持つ包丁方で、みずから姓につけた越前鯖江の出身だった。

父は西鯖江村の漁師であったという。料理の腕を見込まれて鯖江藩間部家の殿様に仕えたのち、苗字帯刀を許されて千代田城中奥の御膳所へ引きぬかれた。よほどの幸運に恵まれなければ、こうしたはなしはない。

ところが、御膳所に移って一年も経たぬうちに、運命は暗転する。

彦市は親分肌の気持ちの良い男だけあって、同僚や下の連中から慕われていた。御膳所でも重きをなしていくなか、突如、右肘の関節を痛めて包丁が使えなくなった。包丁の使えない料理人を置いておくほど、御膳所は甘いところではない。即刻、御役御免の命が下されたのである。

蔵人介は時候の挨拶を交わす程度の仲であったが、事情を知って哀れにおもい、彦市が役目を辞すことになった日に、ひとことだけ感謝のことばを告げた。

その日は残暑の厳しい七夕の当日だった。

朝餉の膳には、鯖を背開きにしてひと塩にした縁起物の刺鯖が供されていた。御膳所台所頭は「鯖はあるのに鯖江はおらぬ」と渾身の駄洒落を吐いたが、笑った者などいなかった。

ともあれ、惜しまれて御膳所を去った「鯖江彦市」こそ、多津の父親にほかならなかった。

娘によれば、彦市は早くに妻を亡くし、男手ひとつで多津を育てたのだという。厳格な職人気質の父親であったが、命よりもだいじな右手がおもいどおりに動かなくなり、娘とふたりで貧乏長屋に移ってからは、酒に溺れて暴れるだらしない男に変わったらしい。

多津は半年余り我慢したものの、ついに堪忍袋の緒が切れて長屋を飛びだした。瘤寺で知られる自證院の門前にある水茶屋で下女をやりながら、別の長屋で独り暮らしをはじめたが、しばらくして水茶屋の看板娘となり、数珠屋の放蕩息子に見初められた。

うぶな多津も見映えのする優男の長吉に惚れてしまい、何度か褥をかさねるうちに子を宿してしまった。子を産みたくて、孕んだことを秘密にしながら懸命にはたらき、甲斐性のない長吉に稼ぎのすべてを貢いだ。ところが、腹が膨らんだ途端に、捨てられてしまったのだ。

多津はひとりで子を産んだ。意地でも育ててやろうとおもったが、門前の水茶屋は子連れの母親を雇ってはくれなかった。

子守りや乳やりで何とか食いつないだが、それにも限界がある。

何度となく赤子の首を絞め、自分も死のうとおもった。

それでも、おもいなおし、赤子だけは生かしてやりたいと願っていたところ、長吉の実家である甲州屋が捨て子を拾って里親に預けているという噂を耳にした。

地獄で仏をみたように感じ、甲州屋の門前に赤子を捨てたのだという。

おそらく、甲州屋の主人は産着に添えてあった文だけを抜き、じっと店のなかで様子を窺っていたにちがいない。

そこへ、気軽な風体の蔵人介があらわれ、赤子を拾っていった。

聞けば聞くほど、知れば知るほど、数奇な運命をおもわざるを得ない。

志乃と幸恵も多津のはなしに耳をかたむけ、同情を禁じ得ない様子だった。

それゆえ、多津に泣きながら「離れて暮らす父にこの子の顔をみせたい」と頼まれたとき、蔵人介は腰をあげるのをためらわなかった。

鯖江彦市の住まいは、御納戸町からさほど離れていない。擂(す)り鉢(ばち)のかたちをした女夫坂(めおとざか)沿いに横たわる四谷忍原横町(よつやおしはらよこちょう)にあった。坂を上って西側の寺町を抜けていけば、自證院の門前にたどりつく。

多津は父のもとを去ったが、父のことが心配で遠くへ行けなかったのだ。長屋を飛びだしてから一年半になるが、何度も近くまで足を運んでみたという。それでも、踏みこめなかったのは、多津が父親に輪を掛けて意地っ張りな性分だったからだ。

今、蔵人介は多津とともに、うらぶれた棟割(むねわり)長屋の木戸口に立っている。

多津の胸には「長吉」が抱かれていた。

頬を赤くさせて、すやすや眠っている。

「さあ、まいろうか」

蔵人介に促され、多津は木戸門を潜った。

そこで、踏みとどまる。

奥まった稲荷の手前で、初老の男が破落戸(ごろつき)どもから袋叩きにされていた。

「あっ、父上」

駆けだそうとする多津を、蔵人介が引きとめる。

「おぬしは、ちとここで待っておれ」

言うが早いか、裾を捲って駆けだした。

砂埃の舞うなかに躍りこみ、棍棒を掲げた男を蹴りつける。

「うえっ、誰だおめえは」

喚いた男の顔面に拳を埋めこみ、脇から撲りかかってきた別の男に当て身を食らわせた。

瞬く間に三人を昏倒させ、裾をぱんと払う。

残ったひとりが匕首を抜いた。

「畜生、殺ってやる」

絶叫した男を、蔵人介は蛇のような眼光で睨みつける。

睨みつけただけで、男はぶるぶる震えだし、目を醒ました連中ともども尻尾を丸めて逃げだした。

傷だらけになった彦市は、呆けたように蔵人介をみつめている。

「……も、もしや、鬼役の矢背さまでは」

「ほう、おぼえておってくれたのか」

「忘れられるわけがありません。二年前の七夕の朝、ただひとりお声を掛けてくださったのが、矢背さまでございました。『息災(そくさい)でな』というおことばが、今でも耳に焼きついて離れません。鬼より恐いと噂された方が、いちばんお優しい方だった。そんなことにも気づかず、わたしは包丁を握ることだけ考えておりました」

「それでよい。包丁のことだけ考えておったから、あれだけの料理を上様にお出しすることができたのだ。おぬしがおらぬようになって、しばらくは御膳所も往生しておったぞ。いつ何時、上様から味が落ちたとお小言を下されまいかと、誰もがびくびくしておったわ」

「わたしの代わりなんぞ、いくらでもいたはずでございます」

「いいや、おぬしが去って、魚の味はあきらかに落ちた。上様がお気づきになられなんだは、おぬしも知ってのとおり、笹之間から御休息之間(おきゅうそく)までがあまりに遠いからよ。ともあれ、懐かしいな」

「はい。矢背さま、お会いできて嬉しゅうございます。それにしても、なぜ」

と言いかけ、彦市は口を噤(つぐ)む。

蔵人介の後ろに、娘の多津をみつけたからだ。

多津は溢れる気持ちを抑えこみ、身を寄せるや、詰問口調で質す。

「父上、さきほどの連中は何ですか」

「ここを出ていった者に関わりはない」

「酒代欲しさに、阿漕(あこぎ)な連中からお金を借りたのでは」

「黙れ。おぬしにとやかく言われるおぼえはないぞ」

蔵人介はみかねて、ふたりのあいだに割ってはいった。

「彦市よ、娘は一日たりとも、おぬしのことを忘れたことがないと申しておる。素直になれ」

「いくら矢背さまでも、口を挟んでほしくはありません」

仏頂面で応じる男は、酒臭い息を吐きだす。

忘れていた酔いをおもいだしたのだろうか。

蔵人介は粘った。

「娘に抱かれた赤子は、おぬしの孫だぞ。顔をみたいとはおもわぬのか」

「おもいませぬ。野良猫のように番(つが)った娘の子なぞ、みたくもない」

「ひどい」

それを聞いて、多津はこちらに背を向けた。

どぶ板を踏みしめ、木戸口のほうへ駆けていく。

蔵人介は娘の背中を見送りつつ、父親にゆっくり語りかけた。

「彦市よ、おぬしの娘はあの子を一度捨てたのだ。わしが偶さか拾ってな。これも運命だとはおもわぬか。娘は捨てた子をあきらめきれず、ふたたび、自分の手で育てようと決意した。その決意が揺るがぬように、おぬしのもとへやってきたのだ。父親に輪を掛けて強情な娘ゆえ、口には出さぬが、おぬしともう一度やり直したいにちがいない。娘のおもいを汲んでやれ」

「できませぬ」

彦市は、真っ赤な目で吐きすてる。

「矢背さま、わたしはもう、元の鯖江彦市ではありませぬ。芥なのでございます。芥のような父親のもとへ戻ったら、娘は今よりも不幸になりましょう。もう二度と、あやつを寄こさないでくださいまし」

「さようか。そこまで強情を張るなら、一発頰を撲らせてくれ」

蔵人介は拳を握り、彦市の左頰を撲った。

――ばこっ。

鈍い音が響き、みずからを「芥」と称した男は白目を剝く。

気絶したのか、地べたに横たわったまま、起きあがってこない。

蔵人介は何も言わずに踵(きびす)を返し、振りかえりもせずに大股で歩きだす。

木戸口の外へ出ると、赤子を抱いた多津が不安げにこちらをみつめていた。

六

志乃はことばを尽くして説きふせた。

「多津どの、あなたのお覚悟はわかりました。されど、さきだつものがなければ、元の木阿弥(もくあみ)になってしまうことでしょう。わたくしたちもあなたと同様、この子が可愛いのです。お天道(てんと)さまに顔を向けて咲く向日葵(ひまわり)のごとく、この子にはまっすぐに育ってほしいのです」

渋っていた多津はようやく納得し、きちんとした稼ぎの口をみつけるまで、赤子は矢背家で預かることになった。

いずれ返さねばならぬ赤子だとおもうと、愛おしさがいっそう増すようで、志乃や幸恵は頬ずりでもしかねない可愛がりようだ。一方、鐵太郎は放っておかれて悋気を感じたわけでもなかろうが、庭で木刀を振る機会が多くなった。

そうしたなか、甲州屋長兵衛が血の気の失せた顔で訪れた。

「矢背さま、これをご覧ください」

携えてきた読売を覗いてみると、甲州屋への誹謗中傷が記されている。

ことに「非道、鬼畜、捨て子を売って儲ける阿漕な数珠屋」という文言は、朱文字で大きく描かれていた。

「これが今朝、近所じゅうにばらまかれておりました。証がなくともわかります。塔野源五郎の仕業にまちがいござりませぬ。悪意の読売屋にありもしないことを書かせたのでござります」

甲州屋は口惜しさで顔を紅潮させる。

志乃は聞いていられず、席を立ってしまった。

蔵人介がひとり残され、付きあわされるはめになる。

「家内は寝込んでしまいました。手前も顔を隠して、どうにか外へ出てきた次第で」

店先には、今日も誰かの捨てた赤子の泣き声がしていた。

だが、世間体を気にして、拾うこともできなかったという。

「気づいてみると、赤子はいなくなっておりました。善人に拾ってもらったことを祈るしかございませぬ。矢背さま、どうか、塔野源五郎を懲らしめてください。やり方はお任せします。腕の一本もへし折ってやってくだされ」

「簡単に申すな。公儀から十手を与(あずか)る者を懲らしめるには、こちらにもそれなりの覚悟が要る」

「塔野の狙いはわかっております。手前の隠居金が欲しいのです」

「ほう、隠居金か」

「二千両ございます。そのことを、長吉にはなしたことがありました」

まだ勘当する以前のこと、懇意にしている住職から長吉を大身(たいしん)旗本の末期養子(まつごようし)にさせないかという誘いがあった。

旗本の狙いは家名の存続と、養子に付けられる持参金にほかならない。

長兵衛は自分の子を旗本の養子にするのを夢に描いていたので、養子話をふたつ返事で受けることにし、七百両という破格の持参金も用意した。

「そのとき初めて、長吉に拾い子であることを告げました。もちろん、ほんとうの子と同じに案じており、二千両近くの蓄財があることもはなし、二千両のうちの七百両を使って養子に出すつもりだと告げると、長吉は少し困った顔をいたしました。あやつが手のつけられぬ阿呆(あほう)になったのは、今からおもえば、そのときからでござります」

旗本の養子になる件は、先方の都合で流れた。

同じころ、長兵衛は妙な噂を耳にしたのだという。

「持参金騙(かた)りにござります」

裕福な商人を狙って、しかるべき人物が仲立ちになって養子話を持ちかける。かならず縁組の相手は大身旗本で末期養子を求めているという点も、長兵衛に紹介されたはなしとよく似ていた。

「手前はもう少しで、騙(だま)されるところだったのでござります」

はなしを持ちこんだのは、数珠の得意先でもある檀那寺(だんなでら)の住職だった。信用のおける住職にはなしを持ちこんだのは檀家のひとりで、その檀家も別の者からはなしをされていた。

「どんどんたどっていくと、そのさきに闇が待っておりました。されど、お相手のご大身はほんとうに末期養子を捜しておられたらしく、顔合わせの段取りやら何やら、はなしは巧妙に仕組まれておりました。手前がおもうに、町奉行所の役人が関わっておらねば、あれだけ大きな仕掛けは無理です」

「ひょっとして、塔野源五郎を疑っておるのか」

「はい。手前は以前から、塔野に狙われておりました。証拠はございませぬが、持参金詐欺に塔野が関わっていたとしかおもえませぬ。このまま指をくわえて眺めておれば、第二、第三の仕掛けを講じられるに相違ない。それをおもうと、夜もおちおち眠れないのでございます」

長兵衛は心身ともに衰弱しており、早急に手を打つ必要が感じられた。

「よし、今日じゅうに決着をつけよう」

蔵人介が応じると、長兵衛は心の底から安堵してみせる。

「ところで、孫の顔はみていかぬのか」

「えっ」

「生まれた子に罪はない。痩せ我慢せずに、抱いてやればいい」

長兵衛は押し黙り、目に涙を溜める。

「ありがとう存じます。矢背さまは何でもお見通しだ。なるほど、手前も家内も本心では孫の顔をみたいのでござります。多津さんがまだ息子に未練をお持ちなら、ひとつ屋根の下で暮らしてみたい。そんな夢も抱いておりますが、肝心の長吉が改心せぬようではどうしようもありません」

「改心すれば、勘当を解く用意があると申すのか」

「さあ、それは。今はなんとも申しあげられませぬ」

「ふむ、そうであろうな」

勘当に踏みきるまでにも、さまざまな心の葛藤があったにちがいない。すべてを元どおりに戻すためには、長吉によほどの決心がなければできることではなかった。

あきらかに、多津は長吉に未練を抱いている。

それはわかっていた。できれば、親子三人で甲州屋夫婦のもとへ返してやりたいが、蔵人介にできることにも限界がある。

八つ刻（午後二時）を過ぎると、長兵衛は宿駕籠で帰っていった。

客がいなくなっても、志乃と幸恵は顔をみせず、別の部屋で息をひそめている。

おそらく、当主が動くのを察しているのだろう。

「せめて、切火でも切ってほしいものだな」

蔵人介は重い尻を持ちあげ、愛刀の来国次を腰に差した。

国次は柄に八寸の刃を仕込んだ長柄刀である。抜くかどうかはわからぬものの、国次があるのとないのとでは腰の据わりがちがった。

門を出ると、用人の串部が待っていた。

すでに、こちらの意図は承知している。

懲らしめる相手がどこにいるのかも、把握しているはずだった。

「お任せあれ。小銀杏髷の狂犬め、暮れ六つ過ぎの逢魔刻になると、かならず、足を運ぶさきがございます」

「妾宅か」

「ご名答」

妾宅は本所の六間堀にあると聞いているので、神田川を船で漕ぎすすまねばならぬ。

ふたりは小石川まで歩いて小船を仕立て、川を軽快に東漸しはじめた。

「懲らしめるときは呼んでほしいと、市之進どのが仰いました。あとで口惜しがるでしょうな」

「ふふ、そうだな」

「市之進どのは剣術は今ひとつでござるが、柔術は得意とするところ。斬らずに懲らしめるだけならば、お誘いしたほうがよかったやもしれませぬ」

相槌を打たずとも、串部はひとりでよく喋る。

小船が柳橋から大川へ躍りだすころには日没間近となり、川面の色が夕陽を呑みこんだかのように一変した。

「まるで、血の川を滑っておるようでござりますな」

串部はいつものように、平然と不吉な台詞を口走る。

ふたりを乗せた小船は大川を突っきり、竪川（たてかわ）へ進入していった。

一ツ目橋を潜ってしばらく進むと、右手に六間堀の入口がみえてくる。

小船は松井橋（まついばし）、山城橋（やましろばし）と通りぬけ、二股に分かれたさきの北ノ橋で舳先（へさき）を桟橋へ向けた。

横幅のある串部の背につづいて陸にあがり、露地をいくつか曲がる。

袋小路のどんつきに踏みこみ、黒板塀（くろいたべい）の仕舞屋（しもたや）の面前で足を止めた。

「どうします。今ごろは妾としっぽり。夜盗（やとう）のごとく、踏みこみますか」

気はすすまぬが、そうするしかあるまい。

ふたりは黒頭巾で頭と顔を覆い、板戸の正面に立った。

「ええい、面倒臭（くせ）え」

串部が右脚を振りあげ、どんと扉を蹴破る。

破れた穴を順に抜け、草履で廊下に飛びのった。

内はひっそり静まりかえっているものの、人の気配はある。

「うおっ」

串部は吼えあげ、灯りの点いた手前の部屋の襖を蹴破った。

いない。

対面の部屋に飛びこみ、そこにも塔野がいないとみるや、奥へ奥へと迫る。

最後に灯りの漏れていない部屋が左右に残った。

塔野と妾は、どちらかにいる。

じっと、耳を澄ました。

右の部屋から、こほっと咳が漏れた。

「それっ」

串部は右肩ごと襖に体当たりし、なかへ躍りこむ。

「きゃあああ」

妾の悲鳴があがった。

と同時に、左の部屋から大きな人影が飛びだしてきた。

鯔顔の塔野だ。

廊下に転がり、跳ねおきるや、下から刀を突きあげてくる。

蔵人介は抜刀し、強烈な一撃でこれを弾いた。

――きいん。

相手の手から離れた刀が、脇の柱に刺さる。

「うぬ、くそっ」

塔野は呻(うめ)き、這(は)って逃げようとした。

蔵人介は床板を蹴りつけ、相手の肩を飛びこえる。

そして、舞いおりる瞬間、月代めがけて柄頭を落とした。

――がつ。

頭蓋が軋(きし)み、塔野は床に顔を叩きつける。

鼻の折れる鈍い音が聞こえた。

「首尾(しゅび)は上々にござります」

串部が声をあげずに笑う。

妾は後ろ手に縛られ、猿轡(さるぐつわ)を嚙まされていた。

蔵人介は塔野を背後から抱きおこし、活(かつ)を入れてやる。

「ぬわっ」

息を吹きかえした悪党は、鼻血で顔を真っ赤に染めていた。

黒覆面の串部を見上げて抗っても、蔵人介に後ろから羽交い締めにされているので、身動きひとつできない。

「……お、おぬしら、何者じゃ」

「何者でもいい」

と、蔵人介が静かに応じた。

「塔野源五郎、悪行は調べさせてもらった。おぬしにいささか恨みのある者に頼まれてな、少しばかり痛めつけねばならぬ」

「くそっ、誰じゃそいつは」

「名を告げたら、どうする。お礼参りでもするか」

「あたりめえだ。おれさまを虚仮にしたやつは許しちゃおかねえ」

「それなら、こっちにも考えがある」

蔵人介は腕に力を込め、顎をしゃくった。

串部はうなずき、腰の同田貫を抜きはなつ。

煌めく白刃を翳し、切っ先を塔野の眼前に突きだした。

蔵人介が口をひらく。

「まずは、目玉をいただこう。それから、鼻を殺ぐ。腕を一本ずつ落とし、左右の足首も断つ」

「ひぇっ」

叫んだのは、妾のほうだ。

その場で気を失ってしまう。

妾のまえで虚勢を張る必要がなくなったせいか、塔野は弱気になった。

「言ってくれ。命を助ける気があるなら、何をさせたいのか言ってくれ」

「金輪際（こんりんざい）、善良な者を脅すのはやめろ。脅したのを察知したら、さっき言ったとおりのことをする」

「……わ、わかった」

「よし。わかったら、右腕を差しだせ」

「ん、どうするのだ」

「断ちはせぬ。命が惜しくば、言うとおりにしろ」

串部に刀で脅され、塔野は仕方なく右腕を差しだす。

蔵人介は素早く脇にまわって腕を取り、伸びた肘の部分を片膝のうえに載せた。

「うわっ、やめろ」

聞く耳は持たぬ。

「十手を振りかざす悪党め、脅された者たちの痛みを知れ」

えいとばかりに、腕をへし折ってやった。

「ぐひぇぇえ」

塔野はあまりの痛みに悶絶(もんぜつ)し、蟹(かに)のように泡を吹く。

「ざまあみやがれ」

と、串部が吐きすてる。

ふたりは目途を遂げ、その場から風のように去った。

名は出していないので、甲州屋が逆恨みされることはあるまい。

これで懲らしめたことになるのかどうか、しかとはわからぬが、悪党同心の牙を抜いた感触はあった。

七

五日経った。

庭には怒りを除いてくれるという合歓(ねむ)が、絹糸のような薄紅色の花を咲かせている。

茹(う)だるような猛暑のもと、江戸市中では夏祭りの仕度がすすんでいた。今年は稲の育ちもよく、長くつづいた飢饉を脱する目途もついた。それだけに、祭りに賭ける町家衆の威勢もよく、市中は例年にない賑わいをみせている。

小役人の屋敷が並ぶ御納戸町でも、武家の女たちが金魚売りや冷水売りなど夏の涼をはこぶ物売りを呼びとめるすがたが多く見受けられるようになった。

物事はよいほうへすすんでいると、蔵人介は感じている。

志乃と幸恵から「尾張町の『大和田源八』で鰻を堪能してまいりました」と自慢げに聞かされても、いっこうに腹など立たない。

昼餉は、冷やし汁を食べた。

冷ましごはんに冷めた味噌汁をぶっかけ、喉に流しこむように啜るのだ。

肴は白瓜の塩揉みと茄子の丸煮、それだけで充分だった。

風の抜ける縁側でひと息ついていると、女中頭のおせきが遠慮がちにあらわれ、甲州屋から暇を出されたはずの番頭が訪ねてきたと告げる。

「たしか、与志三といったな」

長兵衛から暇を出されたときに『甲州屋』の暖簾分けも許され、隣の七軒寺町で商売をはじめたと聞いていた。

元番頭がいったい、何の用であろうか。

悪党同心を懲らしめた件は、すでに、長兵衛から内々に礼をしてもらった。その件ではあるまい。

玄関へ顔を出してみると、与志三だけでなく、多津も後ろに控えていた。

ふたりして、にっこり笑いかけてくる。

「お休みのところ、まことに申しわけござりませぬ」

頭を垂れる与志三と、後ろの多津を交互にみた。

「おぬしら、顔見知りだったのか」

質してみると、みるからに実直そうな与志三が首を振る。

「いいえ、そういうわけではござりません。多津さまのお住まいを旦那さまからお聞きしていたもので、さきほどお訪ねし、旦那さまのお心変わりをご説明し、その足で矢背さまのもとへご足労いただいた次第で」

蔵人介は首を捻る。

「心変わりとは、どういうことだ」

「旦那さまは、お店をつづけたいと仰いました」

「なるほど。それで、おぬしが呼びもどされたのだな」

「はい。暖簾分けしていただいた店のほうはしばらくお休みし、旦那さまのお手伝いをさせていただく所存でございます」

「おぬしは、それでかまわぬのか」

「旦那さまのお役に立つことが、手前にとっては何よりの生き甲斐にございます」

与志三は元気よく応じ、心底から嬉しそうな顔をする。

おそらく、何十年も甲州屋に奉公してきたのであろう。

蔵人介は聞いた。

「長兵衛どのは、どうしてまた店をつづけようと」

「若旦那さまに戻ってきていただきたい。それが旦那さまのご本心なのでございます」

甲州屋は一昨夜、息子の長吉が四つ辻の暗がりに佇み、店の屋根看板を懸命に拝むすがたを偶然に見掛けた。すぐにでも飛びだし、抱きしめてやりたかったが、ぐっと怺えて、しばらく考えたのだという。

「旦那さまは『長吉は改心したがっておる。されど、きっかけが摑めぬだけなのだ』と仰いました。『ひとこと謝ってさえくれれば、勘当を解いてやりたい。そして、店を継がせたい』とも仰いました。『ついては、多津さまとお子にも店に来てもらいたい。それは自分だけでなく、病気がちな家内のたっての願いでもある』と、涙ながらに訴えられたのでございます」

先日は強がっていたが、やはり、初孫に逢いたい気持ちを抑えきれなくなったのだろう。長吉が店に戻る唯一の条件は、多津といっしょになることだと、長兵衛は与志三に告げたらしかった。

「さすがだな。道理をよくわきまえておられる」

「じつを申せば、ご内儀は今も病床に臥(ふ)しておられます。お孫さまのお顔をおみせすれば、からだに力も湧(わ)いてまいりましょう。もし、お許しいただけるのであれば、お子をお借りしたいのでございます」

与志三は存念を吐きだし、深々と頭(こうべ)を垂れる。

わずかな沈黙ののち、蔵人介は静かに問うた。

「与志三よ、それはおぬしの一存か」

「さようにございます。手前は丁稚(でっち)小僧から数えて四十年近くも、甲州屋にご奉公させていただきました。少しでも恩返しがしたいのでございます。もちろん、お願いできる立場にないことは承知しております。旦那さまに知れたら、ただでは済みますまい。一介の番頭風情がですぎたまねをするでないと、厳しく叱責されましょう。それでも、手前はあきらめることができませんでした」

悩みに悩んだすえ、多津を連れて参じたのだと、泣きながら頭を垂れる。

「もうよい。頭をあげよ。おぬしの心意気には感服した。仕度をいたすゆえ、しばし待て」

「えっ、まさか、お殿さま御自らお出ましに」

「わしがおっては邪魔か。ふっ、どうせ暇を託つ身、喜んで同行させてもらう。ご内儀の見舞いも兼ねてな」

「へへえ、恐れ多いことにござります」

与志三は土間にぺたんと座り、両手をついてみせる。

小刻みに震える背中を、多津が後ろから撫でてやった。

蔵人介はおせきに命じ、預かっていた赤子を連れてこさせる。

多津は豆腐を抱くように「長吉」を抱き、さっそく乳をやりはじめた。

八

背には大きく、杏子色の夕陽が貼りついている。

――ごおん。

暮れ六つの鐘が鳴った。

感激醒めやらぬ与志三に先導され、蔵人介と赤子を抱いた多津は牛込原町の甲州屋へやってきた。

表口に飾られた水晶のかたまりは日没間際の夕陽を浴びて、炎の閃光を放っている。

眩しさに目を細めつつ、蔵人介は開けはなたれた表口に立った。

「ん」

妙だ。

どんよりした空気が漂っている。

蔵人介だけではない。与志三も多津も感じていた。

突如、赤子が泣きだす。

「ここで待て」

蔵人介は母子を外に残し、与志三とふたりで敷居をまたいだ。

「旦那さま、与志三にございます。ただいま、戻ってまいりました」

大声を張りあげても、奥から返事はない。

帳場格子に目をやると、荒らされた形跡があった。

「物盗りか」

草履のまま廊下にあがり、与志三と手分けして部屋をひとつずつ確かめる。覗いた部屋に人気はなく、内儀が臥しているはずの部屋も蛻の殻だ。

「ぬげっ、ひゃあぁ」

勝手のほうで与志三が叫んでいる。

蔵人介は急いで向かった。

「うっ」

太い梁に渡された荒縄の端と端に、男女ふたりがぶらさがっている。

変わりはてたすがたになったのは、甲州屋の主人と内儀であった。

「何ということだ」

蔵人介は立ちすくむ。

与志三は蹲り、震えながら頭を抱えた。

「おい、しっかりしろ」

虚しい台詞を吐き、遺体を見上げる。

長々と首の伸びきった遺体の顔は、土気色に変わっていた。

検屍役人のように目を凝らすと、長兵衛の眉間より少し上のあたりが不自然に黒ずんでいる。

「窪みか」

一見するとわかりにくいものの、陥没した痕にまちがいない。

首を吊るまえの傷であろう。

物盗りに傷つけられたとすれば、致命傷にはならずとも、長兵衛が気を失った公算は大きかった。

疑念が膨らむ。

気を失った者は、首など縊れぬ。

しかも、長兵衛は息子の勘当を解き、嫁となる多津と孫を店に迎えいれたいと望んでいた。みずから命を絶つ理由は、ひとつもないのだ。

異変を察した多津が、赤子を抱いてやってきた。

「来るな。来るでない」

蔵人介に制され、多津は戸口の陰に佇む。

と、そのとき。

表口が何やら騒がしくなった。

十手を携えた岡っ引きが、小者たちを連れて踏みこんでくる。

「何だ、何だ、先客か。おえっ、釣瓶心中じゃねえか」

都合よくあらわれた猪首の男は、念仏の斧次にまちがいなかった。

斧次につづいて、小銀杏髷を結った大柄な同心が顔を出す。

鯔に似た間抜け顔、塔野源五郎にほかならない。

三角巾で首から右腕を吊っている。

こやつらの仕業か。

直感が囁いた。

だいいち、誰が番屋に通報したというのだ。

「押っ取り刀で来てみりゃ、このざまだぜ。昼餉に食った鰻を吐いちまいそうだ」

塔野は吐きすて、こちらをぎろっと睨んだ。

「斧次、そいつらは何だ」

聞かれた岡っ引きは、首をかしげる。

「さあ、おいらが来たときにゃ、おりやしたぜ」

「ふうん、物好きな連中だぜ。老い耄れの釣瓶心中を、わざわざ眺めにきたとはな」

睨みかえしてやると、塔野は目を逸らす。

「早いとこ、下ろしてやれ」

横柄な態度で指示を出すや、小者たちが動きはじめた。

梁から下ろされた遺体は板間に寝かされ、うえから筵で覆われる。

「……ああ、旦那さま」

与志三は這いつくばり、筵のかたわらに身を寄せた。

そのとき、別の人影が音もなくあらわれた。

黒の絽羽織を纏っている。

痘痕面の痩せた役人だ。

「増山さま、こちらにござります」

塔野がかしこまったところから推すと、上役の与力であろうか。

増山と呼ばれた人物は襟をきゅっと直し、蔵人介に顔を向けた。

「貴殿が報せてくださったのか」

「いいえ。偶さか訪ねたら、このようなことに」

「それは不運なことでござった」

冷たい調子で言いすて、増山は塔野に質す。

「偶さか通りかかったのは、わしもいっしょだ。されど、捨ておくわけにはいかぬ。

塔野源五郎、この惨状をどうみたてる」

「しからば、申しあげまする。帳場格子が物盗りに荒らされた形跡がござります。おそらくは蓄財をごっそり奪われ、生きる望みを失ったのでござりましょう。この甲州屋、捨て子を売って儲けていたとの噂もござります」

「何じゃと、それはまことか」

「はい。読売にも載りましたゆえ。たとい、偽りであったとしても、火のないところに煙は立たぬ。禍々しい噂がひろまれば、世間は放っておきませぬ。そうしたことも悩みの種になっていたのでござりましょう」

「なるほど、しかるべき理由から首を縊ったと申すのだな」

「御意にござります」

塔野は頭を垂れ、増山は満足げにうなずく。

蔵人介には、ふたりのやりとりが猿芝居にしかみえない。

番頭の与志三も、事情を知る多津も、呆気にとられていた。

「待たれよ。そのみたてに疑義がござる」

蔵人介は堪忍できず、冷静に発してみせた。

「何だと」

力みかえる塔野を制し、増山が一歩踏みだす。

殺気を感じ、蔵人介は身構えた。

「ふふ、剣術の心得がおありのようだな。ご姓名をお聞かせ願いたい」

「よかろう。将軍家毒味役、矢背蔵人介と申す」

「これはご無礼を。お旗本でござりましたか。拙者、南町奉行所で町会所掛りの与力をやっておる増山龍之進にござる。して、お毒味役の貴殿が、何故、同心のみたてに疑義を唱えなさる」

上目遣いにみつめられ、蔵人介は睨みかえす。

「主人の骸をご検分なされよ。額に窪みがござる」

意表を衝かれたのか、増山は眦を吊りあげた。

小者に命じ、遺体に掛かった筵を捲らせる。

すぐさま、反応が返ってきた。

「ふむ、ござるな」

「それは、あきらかに自分でやったものではない。何者かに固い物で叩かれた傷にござろう。人中路のてっぺんゆえ、昏倒させられたは必定。昏倒した者が、みずから首など縊れようか。おそらく、釣瓶心中にみせかけた偽装にござる」

空気が、ぴんと張りつめた。

増山と塔野は、ひとことも発することができない。

痛いところを衝かれたからだと、蔵人介は察した。

「むふふ、おもしろい」

増山が不敵な笑みを漏らす。

「矢背どの、今一度、甲州屋との関わりをお聞きしたい」

「数珠をつくってもらっただけの関わりだ」

嘘を吐くと、番頭の与志三が下を向いた。

増山の詰問がつづく。

「本日は何をしにまいられた」

これには、与志三がか細い声でこたえた。

「旦那さまのご用で、手前がお呼びたてしたのでございます」

「おぬしは何だ」

「番頭にございます」

「ほほう、番頭か。怪しいやつだな。もしかしたら、おぬしが物盗りを手引きしたのではないのか。それがばれぬように、そちらのお旗本を引きこんだ。つまり、小細工をほどこしおったのだ。ふむ、この筋は存外に当たっておるやもしれぬ。塔野、引っ捕らえて責めてみよ」

「は」

動こうとする塔野を押しとどめ、蔵人介は哀れな番頭の盾になった。

「待たれよ。この者は何も知らぬ。こたびの件には関わっておらぬゆえ、莫迦なまねはおよしなされ」

「莫迦なまねと仰せか」

と、増山が応じた。

「いくら、お旗本でも、お上の十手を与る与力を愚弄(ぐろう)することは許さぬ」

「許さぬなら、どういたす」

ぐっと腰を引き、蔵人介は刀の柄に手を添えた。

隙(すき)のない構えをじっとみつめ、増山はにっと歯をみせる。

「戯(ざ)れ言(ごと)にござるよ。不慣れな与力のみたてなど、聞きながしてくだされ。されど、餅は餅屋ということばもござる。ここは捕り方に任せて、いったんは、お引きとり願いたい。疑義がござるようなら、後日、数寄屋(すきや)橋の奉行所へお運びくだされればよかろう」

するりと、鰻のように逃げられた。

これ以上は粘っても、水の掛けあいになるだけだ。

「委細承知」

蔵人介は感情を殺して応じた。

寝かされたほとけを拝み、短い経をあげる。

すまぬ。仇はかならず取るからな。

蔵人介は胸の裡に誓い、うなだれた与志三を促して外へ出た。

戸口の脇では、さきに退出した多津が蒼白な顔で待っていた。

胸に抱いた赤ん坊は、何も知らずに眠っている。

「矢背さま、いったい、どういたせばよろしいのでしょう」

与志三に問われ、蔵人介はうなずいた。

「役人どもの検屍が済んだら、ほとけを手厚く弔ってやろう。無念であろうが、そこからさき、おぬしは関わらぬほうがよい」

実直な番頭が、縋るような眼差しを向けてくる。

蔵人介は黙然とうなずいた。

もちろん、このまま引きさがる気はない。

増山龍之進は、あきらかに、塔野源五郎の後ろ盾になっている。甲州屋夫婦の死とも深く関わっているはずだ。

塔野よりも、むしろ、増山こそが懲らしめるべき相手だったのかもしれない。

しかも、相当に剣術はできる。

おもわぬ難敵の登場に、蔵人介は武者震いを禁じ得なかった。

九

尾張屋敷と紀伊屋敷に挟まれた四谷の鮫ヶ橋谷界隈は、じめじめとした薄暗いところだ。

今は埋めたてられたものの、紀州藩邸を突っ切って溜池まで通じる桜川が以前はここにも流れていた。雨が降ってよく増水したので一帯は「雨ケ橋」と呼ばれ、ときの経過とともに「雨」が「鮫」になったと、蔵人介は由来を聞いたことがある。

このあたりには寺も集まっている。

蔵人介は串部に増山龍之進の調べを託し、下男の吾助をしたがえて鮫ヶ橋までやってきた。

「殿、このさきに潮踏観音（しおふみかんのん）で知られる真成院（しんじょういん）がございます。むかし、このあたりは海の底だったのでございましょうな」

吾助は先代から矢背家に仕えているので、蔵人介のことを長らく「若」と呼んでいたが、近頃は「殿」と呼ぶようになった。今は、鐵太郎が「若」と呼ばれている。鐵太郎は童子（どうじ）から大人にどんどん変わっていくが、吾助の風貌はむかしから少しも変わっていない。皺顔の爺（じじい）のままだ。

ところが、この爺はいざというとき、とんでもない力を発揮した。

尋常ならざる脚力で猿（ましら）のように跳ねとび、節（ふし）くれだった枯れ木のような拳で相手を叩きのめす。ひょっとしたら、そんなすがたが久方ぶりにみられるかもしれないという期待をも抱きつつ、蔵人介は鮫ヶ橋谷までやってきた。

「殿、ほれ、あそこを左に曲がったところが観音坂にございます。破落戸（ごろつき）どもの巣窟（そうくつ）はたしか、坂下の一角でございましたな。ほっ、あれではございますまいか」

吾助が指差したところに、太鼓暖簾の張られた平屋があった。

紺の太鼓暖簾には白抜きで「十」の字が浮かびあがっている。

「ふむ、あれだな」

鮫ヶ橋の弥十という地廻りの住処（すみか）であった。

借金で首のまわらなくなった長吉が、弥十のもとで走り使いをしていると聞いた。

長吉ならば、育ての親である甲州屋夫婦の死因を知っているかもしれない。

蔵人介は、そう読んだのだ。

吾助とともに敷居をまたぐと、強面の若い衆に睨めつけられた。

こちらが二本差しでも、怯むような連中ではない。

禿頭の巨漢が脅しつけてきた。

「何だおめえは。ここがどこだか、わかってんのか」

「おぬしに用はない。弥十はおらぬか」

「あんだと。親分を呼び捨てにしやがって」

巨漢が押しだしてくると、ほかの連中も金魚の糞よろしく従いてくる。

蔵人介は後退り、吾助をちらりとみた。

「詮方ありますまい」

吾助はさきほどから、右掌で固い胡桃をもてあそんでいた。

ぐしゃっと、いとも簡単に胡桃を潰し、背筋を伸ばす。

「こんにゃろ」

巨漢が怒鳴りあげ、蔵人介に撲りかかってきた。

吾助がさっと横から分けいり、突きだされた太い腕を手繰りよせる。

そして、軽々と投げとばした。

――どんっ。

固い壁に亀裂がはいり、巨漢は気を失ってしまう。

金魚の糞どもは目を疑った。

すぐさま我に返り、雄叫びをあげる。

「あの爺をぶっ殺せ」

威勢が良いのは掛け声だけだ。

一度火の点いた吾助を止める手だてはない。

すっ、すっとわずかに動いただけで、土間に怪我人が転がった。

乾分が最後のひとりになったとき、偉そうな男がようやく顔を出した。

「お待ちくだせえ。あっしが弥十でごぜえやす。何か用事があるんなら、あっしに申しつけておくんなせえ」

「よし」

蔵人介が一歩踏みだした。

吾助は何食わぬ顔で戻り、後ろにかしこまる。

「弥十とやら、わしは甲州屋のことでまいった。息子の長吉をこれへ」

「そんなやつは、おりやせんぜ」

「なるほど、そうくるか」

蔵人介は身を沈め、しゅっと白刃を抜いた。

――ぶん。

風音とともに、水平斬りを繰りだす。

刹那、弥十の髷が飛んだ。

――ちん。

鍔鳴り(つばな)とともに納刀するや、弥十がざんばら髪になった。

「うひっ」

腰を抜かした相手の面前へ、ぐっと顔を近づける。

「長吉がおるであろう。ここに出せ」

「……へ、へい」

ほどもなく、奥から長吉が顔を出した。

蔵人介の小脇を擦りぬけ、外へ逃げようとする。

吾助が素早く追いかけ、足を引っかけて転ばした。

「なぜ、逃げる」

蔵人介は首根っこを押さえつけ、長吉を敷居の外へ連れだす。

四つ辻のさきまで引きずっていき、薄暗い塀際に転がした。

長吉は脅えた目を向ける。

「……だ、誰ですか、あなたは」

「甲州屋の知りあいだ。夫婦が首を吊ったのは知っておるな」

「知らない。そんなこと、知るものか」

嘘を吐いているのは、すぐにわかった。

蔵人介は見下ろす恰好で刀を抜き、切っ先を首筋にあてがう。

「ひっ」

「死にたくなかったら、正直に喋ってみろ」

「……わ、わかりました」

「なら、聞こう。夫婦を殺めたのは誰だ」

「……そ、それを喋ったら、ばらされちまいます」

「ばらそうとするやつは誰だ。自分の口で言えぬなら、わしが言ってやろう。おぬしはうなずくだけでいい。どうだ、できるか」

「……は、はい」

「殺ったのは、塔野源五郎か」

長吉はうなずいたが、煮えきらない表情をしている。

塔野のほかにもいるのだ。

「与力の増山龍之進だな」

長吉はうなずき、それで観念したのか、立て板に水のように喋りはじめた。

「目途は隠居金でござります。おとっつぁんは二千両もの金子を貯めこんでいた。そいつをそっくりいただこうという算段でした。でも、殺めるとはおもわなかった。信じていただけないかもしれませんが、ほんとうなんです」

「信じよう」

「えっ」

「驚くことはあるまい。わしは、おぬしのはなしを信じる。正直に申せ。おぬしは改心し、甲州屋夫婦のもとへ戻りたかったのであろう。されど、きっかけを摑めずにいた。おぬしの気持ちを、長兵衛どのはわかっておられたぞ」

「まさか、あの頑固親父がわかっていたなんて」

苦い顔で吐きすてる長吉を、蔵人介は慈しむように諭す。

「親父さんはな、おぬしが隠れて店の屋根看板を拝んでいるすがたに胸を打たれたそうだ。おぬしが生まれかわると約束するなら、勘当を解く心積もりだったのだぞ」

「えっ」

「誠心誠意、おぬしが謝ってくれれば、店も継いでもらいたい。そうも言ったらしい」

「嘘だ、そんなこと」

「嘘だとおもうなら、番頭の与志三に聞いてみろ」

「ちくしょう……うう」

長吉は我慢できず、泣きべそを掻きはじめた。

震える肩に、蔵人介はそっと手を置く。

「おぬしを拾って育ててくれた恩人は、もうこの世におらぬ。せめて、ふたりの志を受けとるのが、おぬしのつとめであろう」

「……い、いったい、どういたせばよろしいのでしょう」

「わしにすべて任せろ。悪いようにはせぬ」

蔵人介は、真剣な顔でうなずいた。

「ひとつだけ、おぬしに聞いておきたいことがある」

「……な、何でしょう」

「おぬしは、多津というおなごを捨てた。多津と多津の産んだ子に未練はないのか」

「……ご、ござります」

「まことか」

「はい」

「それなら、なぜ、捨てた」

長吉はおどおどしながらも、みずからに問うように語る。

「多津は頑固な包丁方の娘だけあって、芯の強いおなごでした。わたしは、何だってできる多津に気後れを感じてしまったのです」

「だから、別れた。子のせいではないと申すのだな」

「ちがいます。子のせいで離れたくなったわけじゃありません。でも、今となってはどうしようもないことです。どのような言い訳をしようとも、多津と子を捨てたことにかわりはありません」

蔵人介は裾を捲って屈み、同じ目線で質す。

「多津がおぬしを許してくれたら、どうする」

「まさか、そんなこと考えられません。でも、許してもらえるのなら、もう一度やりなおしたい」

「まことか」

「はい」

「なら、そうするがよい」

「えっ」

「多津はおぬしを待っておる。明朝、母と子のもとへ逢いにこい。よいな」

「……は、はい」

蔵人介は長吉に御納戸町の住まいを教えてやり、何があってもかならず訪ねてくるのだぞと念を押した。

十

長吉の心は決まっていた。

阿漕な連中とは縁を切り、多津と子を迎えにいくのだ。

だが、そのまえに育ててもらった両親を弔いたいとおもった。

番頭の与志三に連絡（つなぎ）を取り、番屋から甲州屋夫婦の遺体を受けとったのち、町会所に弔いの届けを出して葬儀を営まねばならない。それが山よりも重い両親の恩義に報いるせめてものおこないであろう。

もちろん、勘当は解かれていないだろうから、息子として遺産を受けとることはできない。家屋も人手に渡るだろう。

だが、そんなことはどうでもよかった。

長吉は性根（しょうね）を入れかえ、多津とともに地道に生きていこうと決心していた。

そもそも、なぜ、あれほど好（す）いていた多津を捨てたのか、自分でも上手く説明できない。半端者の身で人の親になるとおもった途端、恐くなった。逃げだしたい衝動に駆られたのだ。

考えてみれば、逃げてばかりの人生だった。

長兵衛に店を継いでほしいと言われたときも、算盤（そろばん）を弾く自信がないので逃げた。捨て子だと報されて何ともおもわなかったが、旗本の養子になれと命じられたときは尻込みした。今度こそ、ほんとうに捨てられるのだとおもい、自分から家を飛びだしたのだ。

鮫ヶ橋の弥十のもとで使い走りをやり、破落戸どもと関わりながら、いつも逃げることばかりを考えていた。だが、悪党の巣窟から飛びだす勇気がなかった。

こんな自分でも、好いてくれる者がいる。

戻ってきてほしいと願ってくれる者はいる。

そのおもいに一所懸命こたえなければ、こんどこそまちがいなく、罰が当たるにちがいない。

甲州屋から暖簾分けしてもらった与志三の店は、市ヶ谷の七軒寺町にあった。

焼き餅坂を下って右手に折れたさきだ。

坂下をまっすぐ進めば、牛込原町に行きつく。

午後の日盛り（ひざかり）は疾（と）うに過ぎ、暮れなずむ町には夕餉の炊煙が立ちのぼっている。

与志三の店は古屋を改装したばかりで、木の香りが漂っていた。

甲州屋とのちがいはうだつがないことで、表口には小ぶりの水晶のかたまりが飾ってある。

逸る（はやる）気持ちを抑えかね、閉めきられた板戸を敲（たた）いた。

返事がないので潜り戸を引くと、すっと音もなく開く。

腰を曲げて敷居をまたぎ、暗い土間に踏みこんだ。

「与志三さん、長吉にございます」

呼んでも返事はないが、奥のほうで咳払いがした。

「与志三さん、お邪魔するよ」

長吉は草履を脱ぎ、上がり框にあがる。

みしっと音をさせ、廊下を渡りはじめた。

様子が変だなとおもいつつも、足音を忍ばせて勝手口をめざす。

「……うう、うう」

人の呻き声が聞こえた。

「与志三さん」

長吉は不安げに呼びかけ、さらに先へ進む。

狭い袋小路のような勝手に、首を差しだした。

「へへ、飛んで火にいる何とやら」

声のするほうへ顔を向けると、念仏の斧次が笑っている。

煤(すす)けた大梁のうえから、後ろ手に縛られた与志三が吊(つる)されていた。

手ひどく痛めつけられたにちがいない。左右の瞼(まぶた)は腫(は)れて垂れさがり、歯の抜けた口からは血を垂らしている。

「……に、逃げろ」

与志三の漏らした台詞に反応し、長吉は袖をひるがえす。

だが、後ろには塔野源五郎が立ちはだかっていた。

「おらあ」

塔野は前蹴りを繰りだし、どんと胸を蹴りつけてきた。

長吉は反対に吹っ飛び、壁の羽目板に背中を叩きつける。

鍋や釜が棚から落ち、板間一面に散乱した。

「……く、くそっ」

懐中に呑んだ匕首(あいくち)を抜く。

刹那、鉄のかたまりが飛んできた。

――ひゅん。

眉間に激痛をおぼえ、頭のなかが真っ白になる。

あいつだ。

あいつに、やられたのだ。

「鼠め、逃げられるとおもうたか」

薄れゆく意識の隙間に、疳高(かんだか)い声が忍びこんでくる。

「われらのことを、鬼役にばらしたのか」

ぺしっと、頬を張られた。

髷を摑まれ、顔を引きおこされる。

次第に、意識が戻ってきた。

鼻先にあるのは、痩せた痘痕面だ。

「……ま、増山龍之進」

「生意気なやつめ。ほれ、正直にこたえよ。鬼役にどこまで喋った」

長吉は増山を睨みつけ、ごろごろ喉(のど)を鳴らす。

血痰(けったん)を舌に載せ、ぺっと吐きかけてやった。

「うえっ、汚ねえ」

増山は袖で痰を拭い、すっと立ちあがる。

「それがこたえか。よかろう、地獄で甲州屋夫婦に謝るがいい。放蕩をかさねて破落戸に堕(お)ちたあげく、みじめな死にざまをさらしましたとな」

ひんやりした鉄鎖が首に巻きつけられた。

「ぬぐっ」

大梁のうえを鉄鎖が走り、摩擦で煙が巻きあがる。

鎖の巻かれた長吉の首が、徐々に上方へ吊られていった。

尻を浮かし、立ちあがって膝を伸ばし、爪先立ちになっても、首は上へ上へと締めあげられていく。

「……ぬ、ぐぐ」

爪先が宙に浮いた。

「やめろ、やめてくれ」

与志三が必死に叫んでいる。

「……く、苦しい……た、多津」

愛しい者の名を呼んだ刹那、首の蝶番（ちょうつがい）が外れた。

息が詰まり、ふたたび、頭のなかが真っ白になる。

「けっ、またひとり、莫迦がぶらさがったぜ」

うそぶいたのは、塔野であろうか。

悪党どもの冷笑が遠ざかり、地獄の釜が目睫（もくしょう）に迫ってきた。

十一

翌日。

もうすぐ、八つ刻の鐘が鳴る。

待てど暮らせど、長吉は訪ねてこない。

御納戸町の矢背家では、事情を知る者たちが不安なときを過ごしていた。

ひとり志乃だけは、懇意にしている商人から茶会に招かれ、仕立てたばかりの晴れ着を纏って出掛けた。

幸恵や残された女たちは、はなすことばも途切れがちだ。

多津は不安を紛らわすためか、赤子を抱いて庭を行きつ戻りつしていた。

「ねんねんころりよ、おころりよ。ぼうやはよい子だ、ねんねしな。ぼうやのお守りはどこへ行った。あの山こえて里へ行った……」

子守歌が淋しげに響いている。

今朝ほど串部が調べてきたはなしが、不吉な予兆を掻きたてた。

町会所掛り与力の増山龍之進は、関所役人のために練られた日守（ひのがみ）流の名人で、棒術や捕縄術に秀でている。なかでも、鎖竜吒を使わせたら町奉行所で右に出る者はいないと評されていた。

鎖竜吒とは、十手の柄頭に長い鉄鎖をつけた武器のことだ。鉄鎖の反対側には分銅が付いており、それが錘の役目を果たしている。名手ともなれば、鉄鎖を頭上で旋回させて投擲し、先端の分銅で数間先の的をも打ち砕くことができるという。

蔵人介の脳裏には、長兵衛の額に穿たれた窪みが浮かんでいた。

あれは、分銅を投げつけてできた窪みにまちがいあるまい。

甲州屋長兵衛を昏倒させたのは、与力の増山なのだ。

長吉が告白したとおり、狙いは隠居金の二千両だ。

騙して奪えぬと知り、強引な手段を講じたにちがいない。

許せぬという気持ちが、蔵人介の心を氷のように冷たくさせる。

「おや、子守歌が聞こえなくなりましたね」

幸恵に囁かれ、我に返った。

たしかに、子守歌が聞こえてこない。

多津のすがたはそばになく、庭には西陽が射しこんでいるだけだ。

近くの菜園におもむいていた吾助が、野良着姿で戻ってきた。

「殿、空樽拾いの小僧が、こんなものを寄こしましたぞ」

固くたたまれた文を手渡される。

不吉な予感が過ぎった。

文を開くと、髭文字で「南無妙法蓮華経」とある。

つづく文面には、走り書きでこう綴られていた。

――母子は預かった　亥ノ刻　鮫ヶ橋観音坂上　妙蓮寺の境内へ来い
予感は的中した。

だが、蔵人介は慌てない。

「吾助、この文を串部に渡してくれぬか」

「かしこまりました。たしか、串部さまは芳町の一膳飯屋にお出でたな」

「頼んだぞ」

吾助は消えた。

幸恵に向きなおり、蔵人介はうなずく。

「おぬしにも、ちと手伝ってもらいたい。重籐の弓を頼む」

「心得てござります」

うなずく幸恵が頼もしい。

「養母上には内緒にいたそう。ご心配をお掛けしたくないのでな」

「かしこまりました」

冷静に返答し、幸恵は三つ指をつく。

鐵太郎が襖陰に佇み、聞き耳を立てていた。

蔵人介にはわかっている。

「鐵太郎、しっかり留守番を頼むぞ」

「ひゃい」

襖越しに声を掛けると、鐵太郎は声を裏返した。

十二

長吉と与志三の無惨な屍骸(むくろ)が、鮫ヶ橋谷の谷底にある芥捨(ごみす)て場からみつかった。

串部からもたらされたはなしを聞いても、蔵人介は眉ひとつ動かさなかった。

虫螻(むしけら)どもを始末すると決めたときから、冷えきった心が揺らぐことはない。

妙蓮寺(みょうれんじ)は観音坂の中途にあった。

どうやら、鮫ヶ橋の弥十はこの寺の檀家らしい。

山門がみえる物陰に潜み、蔵人介は遠目に様子を窺った。

篝火が焚かれ、石塔に刻まれた「南無妙法蓮華経」の題目が浮かびあがってみえる。

喧嘩装束に身を固めた弥十の乾分どもが、石塔のまわりをうろついていた。

「ずいぶん、大袈裟な出迎えだな」

うそぶく蔵人介のかたわらには、白鉢巻を締めた幸恵が控えている。

手には重籐の弓を提げ、靫には褄白の鷲羽根を付けた矢がみえた。

飛び道具には飛び道具をと考え、小笠原流弓術の師範でもある幸恵にひと肌脱いでもらったのだ。

「久方ぶりに、腕が鳴りまする」

胸を張る幸恵が、神々しくみえる。

「養母上は、どうされておった」

「茶会でお疲れのご様子で、お戻りになってすぐにお休みになられました」

「それは助かったな。鐵太郎は」

「書見台に向かい、居眠りを」

「なるほど、それもよかろう。串部と吾助も顔を出すころだ。いや、わしらよりさきに着いて、境内のどこかに潜んでおるのやもしれぬ。ともあれ、わしは今から参るゆえ、あとで秘かに加勢を頼む」

「承知いたしました。ご武運を」

幸恵は顎を引き、切火を切ってくれた。

蔵人介は照れくさそうに微笑み、ばっと袖をひるがえす。

着流しで夜風に吹かれつつ、山門にゆっくり近づいていった。

——ごおん。

亥ノ刻の鐘が、観音坂に鳴りわたる。

町木戸は、一斉に閉められたことだろう。

夜空には、膨らみかけた餅のような月が浮かんでいた。

「あっ、来やがった。鬼役がひとりでやってきたぞ」

破落戸どもが叫び声をあげる。

二十を超える人数が集まってきた。

なかには、段平を抜こうとする気の早い輩もいる。

それだけの数の連中が蔵人介を取りかこみ、ぞろぞろ背中に従いてきた。

宿坊は寝静まっている。

左右に石燈籠の並ぶ参道を通りぬけ、本堂脇の空き地にたどりついた。

墓地を背にして、注連縄(しめなわ)をめぐらせた杉の大木が聳えており、正面に篝火が焚かれている。

大木を背負うように、塔野源五郎が立っていた。

右手はあいかわらず首から吊り、左腕で赤ん坊を抱いている。

かたわらには岡っ引きの斧次が控え、荒縄で縛りつけた多津の首筋に匕首(あいくち)をあてがっていた。

鮫ヶ橋の弥十もいる。

手に松明(たいまつ)を掲げ、破落戸どもに指図を繰りだしていた。

そして、増山龍之進が三人の前面に押しだしてくる。

手に鎖竜吒を提げ、ことさらゆっくり近づいてきた。

「鬼役どの、よう来られたな」

増山は口端を吊り、痘痕面を歪(ゆが)ませた。

蔵人介は、冷ややかに笑う。

「ひとりにこれだけの人数を掛けるとは、少々、大袈裟すぎやせぬか」

「貴殿の噂を耳にした。真偽のほどはわからぬが、何でも居合の腕は旗本随一とか」

「わしを恐れておるのか」

「いいや、恐れてなどおらぬ。石橋を叩いて渡るのが拙者の信条でな」

「わしを葬る気だな」

「さよう。ここなら、墓まで運ぶ手間も省けよう」

「おもしろい。が、なぜだ。なぜ、わしを葬る」

増山の顔から笑みが消えた。

「すまぬが、問答している暇はない。住職が目を醒まさぬうちに片を付けねばならぬでな。ただ、ひとつだけ教えてほしいことがある」

「何だ」

「つまらぬおなごと赤子のために、貴殿が命を張らねばならぬ理由さ。格別の因縁でもあるのか」

「あるとすれば、その子を拾うたことかもしれぬ」

「たったそれだけのことか」

「さよう」

「わからぬな」

「ふっ。いくら説いても悪党にはわからぬ。あの世で閻魔にでも聞くがよい」

「ほざいたな。塔野、赤子を潰せ」

「かしこまった」

塔野は左手で赤子を高々と掲げ、足許に叩きつけようとする。

刹那、弦音（つるおと）が響いた。

――びん。

山門のそばだ。

参道脇の石燈籠を掠めて、褄白の羽根を付けた矢が一直線に飛んでくる。

そして、塔野の左肩を貫いた。

「ぬわっ」

巨体が仰（の）け反（ぞ）り、手から離れた赤子が宙に飛ぶ。

「ひゃっ」

多津が叫んだ。

つぎの瞬間、猿のような人影が篝火のまえを横切った。

人影は地面すれすれで赤子を受けるや、抱きながら一間余りも跳躍し、藪陰に消えてしまう。

吾助であろう。

誰もが呆気にとられるなか、大木の枝がぎゅんと撓った。

いつのまに仕込んだのか、枝に結んだ長い綱を振り子にして、別の人影が猛然と落下してくる。

串部だ。

手には同田貫が光っている。

一陣の風が篝火の炎を揺らした。

「ぬひぇっ」

叫んだ斧次の丈が、八寸ほど縮む。

一歩踏みだした途端、前のめりに倒れこんだ。

何と、二本の臑が切り株のように立っている。

「ひゃああ」

悲鳴をあげる多津に、手負いの塔野が襲いかかった。

串部は独楽のように反転し、同田貫を滑らせる。

「うえっ」

塔野は丸太のような臑を刈られ、ばったり倒れた。

それでも起きあがろうとして、夥しい血を流す。

あたりは騒然となった。

宿坊の灯りが点き、寺小姓たちが飛びだしてくる。

「……こ、これは何としたことか」

慌てふためくのは、住職であろうか。

気づかぬふりをしていたにちがいない。

「殺れ、殺っちまえ」

破落戸どもを煽る弥十の背後にも、殺気が迫っていた。

股ぐらに枯れ枝のような手が伸び、睾丸をぐっと握られる。

「ひぇっ」

潰された。

あまりの痛みに、弥十は悶絶する。

吾助が暗闇から皺顔を出し、にやりと笑った。

「うわっ」

乾分どもは尻をみせ、われさきに逃げだした。

一方、蔵人介は墓石を背にし、増山龍之進と対峙している。

させていた。

「わしの鎖竜吒を舐めるでないぞ」

揺るがぬ自信を抱く与力は左手に鉄十手を握り、頭上に掲げた右手で鉄鎖を旋回

——ぶん、ぶん、ぶん。

不気味な風切音とともに、両者の間合いは詰まっていく。

「へやっ」

気合一声、分銅が投じられた。

蔵人介は咄嗟に刀を抜き、右脇に立てる。

分銅の一撃は避けたが、鉄鎖が白刃に絡みついた。

まるで、生きた蛇のように意志がある。

「掛かりおったな」

増山は舌舐めずりをし、肘を使って鉄鎖を巻きとっていく。

痩せたからだつきからは想像できぬほどの膂力だ。

蔵人介は徐々に搦めとられ、間合いはさらに縮まった。

増山はこちらが挫けて、大刀を手放す瞬間を狙っている。

鉄十手でたちどころに、脳天をかち割るつもりなのだ。

溢れるほどの自信が、痘痕面に浮かんでいる。
「鬼役め、おぬしに勝ち目はないぞ」
間合いは三間足らず。
もはや、刀を捨てねばならぬときだった。
——びん。
弦音が聞こえた。
幸恵だ。
棲白の矢が蔵人介の鬢を擦りぬけ、増山の眉間に突きたった。
いや、そうではない。
増山は胸を反らして避け、矢は後ろの墓石に弾かれた。
蔵人介はこの機を逃さない。
すでに、息が掛かるほど近くに迫っている。
鉄鎖の絡みついた刀は、両手で握ったままだ。
「わしの勝ちだ」
増山は鉄鎖を引きしぼり、十手を振りあげる。
ふっと、蔵人介が笑った。

と同時に、刀の目釘がぴんと弾けた。

握りしめた長い柄が、本身から離れる。

「なにっ」

眸子を剥いた増山の眉間に、八寸の仕込み刃が刺さった。

「ぐえっ」

「莫迦め。長柄刀の細工を見抜けぬとは、たいした与力ではないな」

返り血を避けて体を入れかえた蔵人介の手に、得物は何ひとつ握られていなかった。

みずからの力を過信した者に勝ち目はない。

悪党与力の最期は、じつに呆気ないものだった。

生温い風が吹き、惨状を覆うように叢雲が流れた。

月は翳り、漆黒となりゆく闇のなかで、篝火が燃えさかっている。

死者の魂が飛びかう境内に、やがて、赤子の泣き声が響きわたった。

十三

昨夜、大川端では、雄壮な男たちの水垢離がおこなわれた。真っ裸になった勇肌の連中が何百人と川に浸かり、威勢良く「懺悔懺悔、六根罪障」と唱えるすがたは壮観だった。

翌日、蔵人介は厳しい残暑のなか、幸恵を連れてなだらかな女夫坂を下っていた。

坂下の棟割長屋には、かつて千代田城中奥の大厨房で自慢の腕をふるった包丁人が暮らしている。

「鯖江彦市どのとは、お初にお目にかかります」

余所行きの紋付きを羽織った幸恵は、重籐の弓ではなく、鶯色の風呂敷にくるんだ進物を抱えていた。

ふたりは額の汗を拭い、朽ちかけた木戸門を潜りぬける。

奥のほうから、赤子の元気な泣き声が聞こえてきた。

「おや、あれは」

「わかるか」

「はい」

幸恵の顔が輝いた。

「懐かしい泣き声であろう。赤子がおらぬようになって、我が家もすっかり静かになりおった」

井戸端では、赤子を負ぶった多津が姉さんかぶりで洗濯をしていた。目敏くふたりをみつけるや、洗濯物を放りだし、懸命に駆けてくる。

ぺこりと頭をさげた。

「わざわざお越しいただき、御礼の申しあげようもございません」

「近くに寄ったついでさ」

挨拶を交わすあいだも、赤子は泣きつづけている。

「これ、長吉。矢背のお殿さまと奥方さまですよ。泣いたらご無礼でしょう」

「かまわぬ、かまわぬ。ところで、彦市はおるのか」

「はい」

振りむいた多津の眼差しをたどると、彦市が部屋からひょっこり顔を出したところだった。

蔵人介をみつけ、驚いて駆けてくる。

「これは矢背さま、このようなところまでお越しいただき、恐れいりまする」

「わしのことより、自分の心配をしろ。そのように無理をして駆けると、ぎっくり腰になるぞ」

「なんの、矢背さまのお顔を拝見すれば、十は若返ります」

「ふふ、口が上手になったな。それはそうと、左手の修業には励んでおるのか」

「はい。朝から晩まで、瓜や茄子の皮を剝いております。小うるさい娘に尻を叩かれましてな」

「それは重畳」

「矢背さまに『左手で右手を超えてみよ』とお叱りいただき、目が醒めました。料理の命は手際だと、わたしは常々若い連中に教えてまいりました。ところが、右手が使えなくなり、手際もへったくれもなくなった。酒に溺れ、だいじなものまで失いかけたのでござります」

彦市は多津をちらりとみて、ぐしゅっと洟水を啜る。

「手際をあきらめちまったら、何やらすっきりいたしました。手際にこだわらなきゃ、左手でも料理はできるんだって、わたしはやっと気づいたんです。おかげさまで、今は多津と孫の長吉もおります。ふたりのために、もういっぺん、この腕一本で花を咲かせてやろうかと」

「そのときは、〆鯖でも食わしてもらおうか」

「そりゃもう、いの一番にやらせていただきます」

「約束だぞ」

蔵人介はそう言い、かたわらの幸恵に笑いかけた。

幸恵も微笑み返し、風呂敷を開いて娘の多津に進物を手渡す。

「これをお父上に差しあげて」

「えっ」

多津から彦市に手渡された品は、細長い箱にはいっていた。

「開けてもよろしゅうござりますか」

「ああ、そうしてくれ」

箱のなかには、柳刃包丁が一本はいっていた。

通常の物と、どこかがちがう。

刃が左右逆なのだ。

「左利き用の包丁さ」

「えっ」

「そいつで修業すれば、格段に腕もあがろう。じつは、うちの養母が懇意の刃物屋に頼んでつくらせた代物でな」

「大奥さまが」

「おぬしの評判を聞いておったらしい。是非とも、〆鯖の相伴に与りたいと申してな」

「……あ、ありがたいことにござります」

彦市は感極まり、多津に背中をさすられた。

井戸のそばに設えた花壇には、向日葵が咲いている。

長吉は多津の背中で、何も知らず笑っていた。

算額（さんがく）の誓い

一

明日の七夕に願うことなど何もない。

鐡太郎は厳しい稽古を終え、裸足（はだし）で道場の裏庭へ降りた。

迷路のようにわかりにくい番町（ばんちょう）の御濠（おほり）寄り、五番丁（ごばんちょう）から新道二番丁に向かう往来の途中で交差する五味坂（ごみざか）下に、小野（おの）派一刀（いっとう）流を標榜（ひょうぼう）する浅沼（あさぬま）道場はある。

「暑い」

夏越（なごし）の祓（はら）いで茅（ち）の輪（わ）も潜ったし、麻の葉や御幣（ごへい）も川に流した。

にもかかわらず、から蒸しの残暑がつづいている。

井戸水を呑もうとして、鐡太郎はよろめいた。

「隙あり、面……っ」

後ろから竹刀で頭を叩かれ、ふっと意識が飛ぶ。

ごろんと仰向けになるや、顔に水を掛けられた。

目を醒ますと、同じ年代の門弟たちが五、六人で見下ろしている。

いつもの蔑むような眼差しだ。

「ふん、根性無しめ」

居丈高に発したのは、うらなり顔の押尾琢磨だ。

父の押尾大膳太夫は家禄三千石の大身旗本で、書院番組頭の重職にある。

道場には番方の子弟が多く、誰ひとり琢磨には逆らえない。

逆らえば告げ口され、父親が降格の憂き目に遭うかもしれぬからだ。

狡猾な琢磨にはそれがわかっているので、まさに、やりたい放題であった。

「これしきの稽古で音をあげておるようでは、侍とは言えぬぞ」

琢磨の台詞に、取りまきたちが同調する。

「そうじゃ、そうじゃ。旗本の風上にも置けぬやつじゃ」

なかでも、太鼓持ちの筆頭を自認するのは、みなより頭ひとつ大きい窪木廉也だ。

父の窪木三右衛門は押尾組の小頭に任じられており、横柄でがさつな親の態度がそのまま子に乗りうつっている。

廉也は半身を起こした鐵太郎に近づき、おもむろに着物の裾を捲った。

後ろを向き、鼻先に汚い尻をさらす。

――ぶり。

屁を放った。

「うっぷ」

臭すぎて、息が詰まる。

廉也は尻を仕舞い、琢磨に訴えた。

「旗本と申しても、こやつの父は二百俵取りの軽輩。誰もが忌み嫌う鬼役にござる」

「おう、そうであった。毒味御用を仰せつかる不浄な輩であったわい。不浄には不浄、屁がよく似合う。ぬはは」

のどちんこをみせて嗤う琢磨に、廉也は調子を合わせる。

「こやつの父は二十五年も毒味をつづけ、何度か毒も啖うたらしいですぞ。されど、生きながらえたのは、鉄の胃袋を持つおかげとか。どのような献立が膳に並んでも、眉ひとつ動かさず口に入れるとも聞きました」

「なあるほど。よし、誰ぞ、こやつの弁当を携えてこい」

琢磨に命じられ、取りまきのひとりが道場の奥へ引っこみ、鐵太郎の弁当箱を抱えてきた。

「寄こせ」

母の幸恵が丹精込めてつくってくれた弁当だ。

「は」

琢磨は受けとった弁当の蓋を開け、中味をみなに披露する。

「ほう、美味そうじゃ。伊達巻きに佃煮、昆布巻きも入れてあるぞ。よし、食うてやろう」

弁当に指を入れ、昆布巻きを摘んで食べた。

そして、弁当に唾を吐きかける。

「やめろ、やめてくれ」

鐵太郎が懇願すればするほど、悪がきどもは増長した。

弁当箱をたらいまわしにし、ひとりずつ唾を吐きかけていく。

最後に窪木廉也が唾を吐き、ついでに親指大の毛虫を摘んで入れた。

「毛虫入りの弁当じゃ」

廉也は弁当箱を手に載せ、鐵太郎の鼻面に近づけてくる。

「ほれ、食うてみよ。鬼役の子なら、食えるであろう」

「食え、食え」

手下どもが輪になって囃したてる。

鐵太郎は飯をかっこみ、ぶへっと吐いた。

「もったいないぞ、ちゃんと食え」

口に飯を詰めこまれ、ぎゅっと目を閉じる。

閉じた眦から、悔し涙が溢れてきた。

「お、こやつ泣いたぞ。弱虫め」

廉也が身を乗りだし、平手でぴしゃっと頬を張る。

「剣術もろくにできぬ役立たずのくせに、一人前に泣きよって。こうしてくれる」

こんどは琢磨が身を寄せ、弁当箱の蓋で頭を叩いた。

「こらっ、何をしておる」

背後の廊下から、長い棒を手にした大人が怒鳴りつけてきた。

道場主の浅沼甚八郎だ。

小野派一刀流のみならず、根来流棒術の師範でもあり、門弟たちを威嚇するように、いつも八尺の八角棒を手にしていた。

「逃げろ」

琢磨たちは叫び、蜘蛛(くも)の子を散らすように裏木戸から外へ逃げていく。

鐡太郎はがっくりうなだれ、散らかった弁当箱の中味を拾いあつめた。

浅沼は庭に降りて近づき、井戸から水を汲みあげる。

「ほれ、呑め」

「……す、すみません」

鐡太郎は涙を拭き、桶から直(じか)に水を呑んだ。

勢い余って、冷たい水が顔に掛かる。

「ひどいことをする連中だな。平気か」

「……は、はい」

浅沼は面と向かい、溜息を吐(つ)きながら諭(さと)した。

「されどな、悪いのは連中ばかりではないぞ。おぬしにもこうされるだけの隙があるということだ」

「はあ」

「よいか、今日のことは家の方々に告げるな。子どもの喧嘩に家の者を巻きこむでないぞ。この試練に耐えてこそ、侍の精神は培われるのじゃ」

調子の良いことを言って、責めを負いたくないのだ。

鐡太郎は一礼し、裏木戸を擦りぬけた。

往来には、人影がちらほらある。

ただし、悪がきどもの影はない。

泣きたいのを、ぐっと我慢した。

父の蔵人介から「何があっても人前で泣いてはならぬ」と、厳しく言いつけられていたからだ。

それでも、四つ辻を曲がった途端、悔し涙を止められなくなった。

暗がりに蹲（うずくま）り、膝を抱えてしばらく泣きつづける。

と、そこへ。

何者かの気配が近づいてきた。

涙で曇った目を向けると、鼻先に手拭いを差しだされる。

「遠慮いたすな。拭くがよい」

落ちついた声の持ち主は、月代をきちんと剃っていた。

年は二十代前半、風体（ふうてい）から察するに、幕臣か勤番侍（きんばんざむらい）であろう。

「門弟のひとりに聞いたぞ。ずいぶん、ひどい目に遭ったようだな。さぞや、口惜しかろう」

見も知らぬ他人から同情を買いたくはない。

黙っていると、相手は裾を払って屈みこむ。

「おぬしの心情はようくわかる。じつはな、いつもそれとなく稽古の様子を眺めておった。おぬしが大勢からいじめられておるのも知っていた。いつか、声を掛けようとおもっておったのだ」

涙は引っこみ、警戒心が生まれていた。

手拭いを使わずに返し、鐵太郎は自分の袖で涙を拭う。

侍は蒼白い顔で微笑み、懐中から一冊の書を抜きだす。

表紙に『塵劫記』とあった。

鐵太郎の顔が、ぱっと明るくなる。

喉から手が出るほど欲しかった算術本だ。

「ほう、わかるのか」

こっくりうなずく。

算術の手引書として知られる『塵劫記』は、今から二百年余り前、吉田光由なる和算家によって著された。平易な漢字仮名まじり文で綴られ、数の数え方からはじまって、掛け算の九九や算盤のやり方、売買勘定に利息の求め方、蔵にはいる米俵の数や田畑の面積の求め方などといった実践に即したさまざまな問いが、豊富な挿絵を使いながら記されている。

名だたる和算家も学んだ『塵劫記』は版を重ね、一家に一冊はある重宝な本と目されていたが、値が張ることもあって、下級武士のあいだにはさほど普及していない。

鐵太郎は日頃から、大身旗本の子弟たちが所持しているのを羨ましくおもっていた。

「よかったら、進呈いたそう」

「えっ、まことですか」

「まことだ。随所に書きこみがあるがな」

捲ってみた。何ほどのこともない。

されど、いくら欲しいものとはいえ、見ず知らずの大人から何かを貰うわけにはいかなかった。

「遠慮いたすな。わしにはもう、用のないものだ。その本には、ずいぶん助けられた。ちょうど、おぬしと同じ年恰好のころから、わしは『塵劫記』に親しんでおったのだ。算術に興味があるのか」

小鼻をひろげてうなずくと、本を胸に押しつけられた。

侍は何も言わずに踵(きびす)を返し、辻陰から離れていこうとする。

「……あ、あの」

背中に呼びかけると、侍は振りむいた。

「拙者、将軍家毒味役矢背蔵人介が一子、鐵太郎と申します」

「おう、さようか。わしは葛巻隼人(くずまきはやと)と申す。御書院番の与力だ」

「御書院番の与力」

「こうみえても、旗本でな。与力のなかでは、いちばん若い。おぬしをいじめておった連中の親たちは、ようく存じておる。案ずるな。わしは独り身ゆえ、子はおらぬ」

「はあ」

「人前で泣くなと教わったのか」

「はい」

「父は厳しいお方か」

ふいに質(ただ)され、鐵太郎は首をかしげた。

厳しいというほどではないが、さりとて、厳しくないとも言えぬ。

あらためて問われると、返答に窮(きゅう)してしまう。

それでも、鐵太郎は懸命にこたえようとした。

「……父は、父は、子のわたしが申すのもおかしゅうございますが、立派な侍でございます」

「ほう、どう立派なのじゃ」

「他のお方が敬遠されるお毒味役を、愚痴ひとつこぼさずに二十五年余りもつとめております」

「それは立派だ」

葛巻は歯をみせて、にっこり笑う。

「されど、おぬしはどういたす。父の役目を継ぐのか」

「継ぎまする」

「ほほう、毒味役をな」

「されど、父のように、いついかなるときも端然としていられるかどうか、自信がありませぬ」

「ふふ、自信などというものは、世事に通じるようになってから得られるものだ。今から焦ることはない」

「はあ」

葛巻はにっこり笑い、声をひそめた。

「ひとつだけ、教えておく。人には持って生まれた適性というものがある。おぬしはひょっとしたら、毒味よりも別の分野で光る才能を携えておるのやもしれぬ」

「別の分野」

「算術かもしれぬし、ほかのものかもしれぬ。されど、おぬしにはおぬしの事情もあろう。抗えぬ家の事情もある。それゆえ、毒味役を継ぐなとは言わぬ。ただし、たとい継いだからというて、学ぶことをやめてはならぬ。書を読め。『塵劫記』を何遍も読んで諳んじるがよい。わしは鯱の飾られた見付門の門番をやりながらも、好きな算術を諳んじておる。炎天のもとではおのが影を図形にみたて、雨の日は地べたに爪先で算式を書いておる。算術の難問を解くのはおもしろいぞ。よいか、学びは時と場所を選ばぬ。頭ひとつあれば、いつでもどこでもできる。な、そうであろう」

「仰るとおりにござります」

鐵太郎の顔は、みるみる希望に膨らんでいく。

葛巻はうなずき、噛んでふくめるように説いた。

「『塵劫記』の塵劫は、法華経(ほけきょう)の『塵点劫(じんでんごう)』に由来する。数えきれぬほど大きな数の喩(たと)えだ。永遠(とわ)の時を経ても変わることのない宇宙の真理、という意味が込められておるらしい」

「宇宙の真理」

「さよう。『塵劫記』を読んでおれば、辛いことも苦しいことも忘れられる。いじめなど、屁でもないとおもえてくるぞ。ふはは、つまらぬはなしを聞かせたな。近いうちにまたいつか、会うこともあろう。さればな」

葛巻は袖をひるがえし、颯爽(さっそう)と遠ざかっていった。

細くて華奢(きゃしゃ)な背中が、二倍にも三倍にも大きくみえる。

鐵太郎は『塵劫記』を抱えて暗がりから抜けだし、意気揚々と歩きはじめた。

二

七夕は水に因(ちな)む行事が多く、市井(しせい)では一斉に井戸替えをやり、手習いの上達を願う硯(すずり)洗いなどもおこなう。もちろん、家々の大屋根には五色の短冊で飾られた笹竹が風に靡(なび)いていたが、それは暑かった夏との決別を印象づける風景でもあった。

一方、千代田城に目を移すと、江戸勤番の諸大名が白帷子(しろかたびら)を身に纏(まと)い、祝賀の拝謁をおこなうべく登城していた。公方の膳には縁起を担ぐ倣(なら)いとして、かならず冷や素麺(そうめん)が供される。

蔵人介は朝餉(あさげ)の毒味で大和(やまと)国田原本(たわらもと)藩献上の素麺を啜(すす)り、宿直(とのい)から自邸に戻ってまた昼餉の素麺を啜っていた。

下男の吾助は、志乃の用事で京へ上(のぼ)った。用人の串部六郎太は腹の刀傷が膿(う)んで熱を出したので、嫌がるのを叱りつけて休ませている。串部の代わりに義弟の綾辻市之進が面前に座り、ぞろぞろ音を起(た)てながら素麺を啜っていた。

「やはり、奈良(なら)の三輪(みわ)産がいちばんにござりますな。白糸のように細く、滝のごとく流れこむ。まこと、格別な喉越しにござります」

「七夕のお裾分けと称し、献上品の残りが配られたのだ」

笊(ざる)に山盛りだった素麺の玉が、残り少なくなっている。

薬味の浅葱(あさつき)や生姜(しょうが)もほとんど無く、昆布出汁(だし)のめんつゆもあとわずかだ。

市之進は箸を手に勝手のほうを窺ったが、賄(まかな)いの女たちは気配を消していた。

「それで終わりにせい。存分に食ったであろうが」

「腹は膨らみましたが、口のほうがまだ食べたがっております」

「大食漢め、用件をまだ聞いておらぬぞ」

「あっ、そうでしたな」

市之進は箸を措き、歯に挟まった葱を舌先で除きつつ、襟を正してみせた。

「じつは、つい先日、御書院番組頭の押尾大膳太夫さまが何者かに毒を盛られました。さいわい、だいじにはいたっておらぬものの、御目付の鳥居さまより早急に罪人をみつけよとの命が下りまして」

「罪人の目星はついておるのか」

「いいえ。されど、怨恨の線は消せませぬ」

「怨恨か」

「ここだけのはなし、押尾さまは人を人ともおもわぬ性の持ち主であられます。それゆえ、何者かの恨みを買ったのではないかと」

「何者かの恨みのう」

「妙な噂をひとつ聞きました」

書院番は同じ番方の大番や小姓番などにくらべて上下のけじめが厳しく、厳しさが高じて新入りや後輩いじめが繰りかえされている。本丸(ほんまる)勤番で六組ある書院番組のうち、なかでも押尾組のいじめは陰湿きわまりなく、組頭の押尾大膳太夫みずから奨励(しょうれい)しているような風潮もあり、いじめられた者たちからの恨みが尋常ではないものと目(もく)されていた。

「たとえば、めでたく番入りとなった新入りは歓迎の宴でかならず、玉袋酒(たまぶくろざけ)というものを呑まされるそうです」

「玉袋酒、何だそれは」

「古株が着物の裾をはだけていちもつをさらし、きんたま袋を伸ばして酒を注がせる。袋に溜まった酒を、新入りに呑ませるのでござる」

えげつないにもほどがある。

「子どもじみた悪ふざけだな」

「呑まされた者の身になれば、その屈辱たるや、いかばかりのものにござりましょう。されど、文句を言う者はおりません。なにせ、番入りは旗本子弟の夢にござる。玉袋酒を拒んで御役御免(おやくごめん)となれば、それこそ泣くに泣けぬ」

各所へせっせと付け届けを繰りかえしてきた親の苦労をおもえば、ぐっと怺(こら)えるしかないのだという。

「なかには小便ではなく、馬糞（まぐそ）を食わされそうになった番士もおったとか」

「それはひどい」

「病と偽って登城を拒む者も出はじめておると聞きます。そうした連中が罹（かか）る病のことを『鯱（しゃち）の病』と申すそうです」

登城口の見付門に飾られた鯱をみると登城を拒みたくなるので、そうした名がつけられた。

「要は、怠（なま）け病のことだな」

「義兄上（あにうえ）、理不尽きわまりない仕打ちを受けた者の身にもなってみてくだされ。怠け病では済まされぬほど、事態は深刻で根深いものとおもわれます」

市之進は押尾大膳太夫に毒を盛った罪人捜しとは別に、書院番内に横行するいじめを糾弾したい考えがあるらしかった。

「ところで、押尾さまを苦しませた毒の正体はわかったのか」

「それにござります」

組頭の押尾が平蜘蛛（ひらぐも）のように這（は）いつくばって苦しみだしたのは、城中菊之間（きくのま）の控え部屋にて昼餉を摂った直後であった。城坊主から求めた仕出し弁当を食べ、全身を痙攣（けいれん）させながら白目を剝（む）いたらしい。

「知らなんだな」

「義兄上が非番の折の出来事にござりまする。番頭さまの御命で箝口令が敷かれたゆえ、お耳に届いておられぬのでしょう」

「ふうむ、まあよい。それで、仕出し弁当は調べたのか」

「刺鯖が少々、傷んでおりました。ただし、同じ弁当をほかの御歴々も食されておったので、おそらく、弁当の中味が原因ではござりませぬ」

「ほかに、めぼしいものでも」

「押尾さまは胃痛を患っておられまして、食中にかならず常備薬を服用なされます。それではないかと」

市之進は袖口をまさぐり、黒漆塗りの印籠を取りだした。

「鳥居さまのほうで押尾さまよりお借りしてまいった印籠にござる」

毒を盛られる以前、何日か紛失していたのだが、毒を盛られる直前に戻っていたのだという。

「義兄上、拙者が参じたのはほかでもありませぬ。このなかに常備された丸薬をご検分いただきたいのでござります」

市之進に印籠を手渡され、蔵人介は興味深げにもてあそぶ。

「蓋を開けてもかまわぬのか」

「どうぞ」

蓋を開けて傾けると、掌に黒い丸薬が何粒か転がった。

ひと粒摘み、鼻のそばへ近づける。

くんくん、匂いを嗅いだ。

「いかがですか」

待ちきれずに、市之進が問うてくる。

蔵人介は、あっさりこたえた。

「熊胆だな」

「毒ではないと」

「見掛けも匂いも、わしが常備している熊胆と寸分も変わらぬ。少なくとも、わしには毒との見分けがつかぬな」

「さようですか」

市之進は、がっくり肩を落とす。

毒の種類を調べ、販路をたどれば、下手人にたどりつくとおもっていたのだ。

「わるくない考えだが、この丸薬を毒と見極めるのは難しいぞ」

「鳥居さまは早急の解決を望んでおられます。何とか、なりませぬか」

気難しい野心家の鳥居耀蔵に義理立てする気はさらさらないが、市之進に手柄を立てさせてやりたい気持ちはある。

「そうさな」

蔵人介はしばし考えたのち、組んだ腕を解いた。

「毒を見分けることにかけては、天賦の才を持つ者がおる。わしが知るかぎり、この江戸にふたりとおらぬであろう」

「ふほっ、さすが義兄上。さっそく、その御仁のもとへまいりましょう」

「待て。癖の強い男ゆえ、約束せずに参じても、会ってくれるかどうかわからぬ」

「そのときはそのときでござる。さあ、重い腰をおあげください」

蔵人介は市之進に腕を取られ、仕方なく付きあうことにした。

三

浜町中の大屋根に何百と飾られた笹竹を眺めつつ、ふたりがやってきたのは、浜町河岸に面した難波町の一角だった。

狭い露地を曲がった袋小路に、暖簾も屋根看板も掲げていない薬師の店がある。

「その薬師、角野燻徳と申してな、干涸らびた烏賊の燻製のような男だが、薬にはめっぽう詳しいのさ」

「薬ですか」

「毒も薬のうち。ともかく、訪ねてみよう。人嫌いな男ゆえ、会ってもらえぬかもしれぬがな」

蔵人介は笑いながら、古びた引き戸を開けた。

刹那、薬の匂いが、ぷんと漂ってくる。

敷居をまたぎ、暗がりに声を掛けた。

「燻徳はおるか。矢背蔵人介だ」

板間の隅で、気配が蠢いている。

目が馴れてくると、白髪を茶筅髷に結った燻徳とわかった。

手燭に炎を灯し、極端な猫背で上がり框に近づいてくる。

不躾に手燭を翳し、蔵人介の顔を確かめた。

「うえっ、本物や。鬼役の旦那が何の用でおまっしゃろ」

上方訛りの掠れ声で質したそばから、後ろの市之進に鋭い眼光を投げかける。

蔵人介が笑ってこたえた。

「そやつは義弟だ。綾辻市之進と申してな、公儀の徒目付をつとめておる」

「徒目付でおますか」

何ぞやましいことでもあるのか、燻徳は眉をひそめる。

「安心いたせ。こやつも口は堅い。おぬしに迷惑は掛けぬ」

蔵人介のことばを聞き流し、気難しい薬師は丸莫蓙を取りにいく。

「莫蓙など出さずともよいぞ」

「へへ、かみはんに逃げられましたんや。そやさかい、ろくなおかまいもできしまへん」

「ほう、あのおとなしそうな内儀が逃げたとはな」

「器量は河豚でも、口から毒を吐いたことがありまへん。ええ女房やったと、逃げられて気づいたときは、後の祭りでおます」

燻徳は有明行灯に炎を移し、出涸らしの茶を注いでくれた。

「じつはな、おぬしに判別してほしい丸薬を携えてきたのだ」

「丸薬でおますか」

燻徳は首を突きだし、埃のたまった床に正座する。

蔵人介も大小を引きぬき、上がり框に腰をおろした。

市之進だけは突っ立ったまま、燻徳の表情を眺めている。

「矢背さま、いったい、どのような丸薬なので」

「一見すると、熊胆にしかみえぬのさ。おぬしなら気づくことがあるやもしれぬ。そうおもってな」

「報酬は、なんぼ出さはります」

「みたてが正しければ、なんぼでも出すとさ」

蔵人介が後ろを向いて笑いかけると、市之進は顔をしかめた。

「ぐふっ、戯れ言におます。矢背さまのご依頼なら、無料でやりまっせ」

「ありがたい。されば、さっそく」

蔵人介は袖口に手を入れ、黒漆塗りの印籠を取りだす。

「拝借します」

燻徳は印籠の蓋を外し、黒い丸薬をひと粒取りだした。

「ふんふん」

まずは、犬のように匂いを嗅ぎ、拡大鏡を取りだしてじっくり眺め、小刀で細かく刻んでもう一度匂いを嗅ぐ。さらには焼いたり、水に溶かしたりと、さまざまな調べをおこなったすえに、燻徳はほっと溜息を吐いた。

蔵人介は身を乗りだす。

「どうだ、わかったか」

「あきまへん。わてが生まれた大坂道修町（おおさかどしょうまち）の薬師でも、言いあてられる者は三人おるかどうかやな」

「すると、熊胆ではないと申すのか」

「熊胆にまちがいおまへん。そやけど、南蛮（なんばん）渡りの蟇毒（がまどく）を煉（ね）りこんでおます」

「蟇毒」

「はっきりとは言いきれまへん。なにせ、御禁制の蟇毒でおます」

蔵人介は蟇毒と聞き、蟇蛙（ひきがえる）の後ろ頭にある耳腺（じせん）や背中の疣（いぼ）から分泌（ぶんぴつ）される白い粘液のことを連想した。素手で触れるのは避けるべきだが、本道（ほんどう）ではこの粘液を乾燥させたものを蟾酥（せんそ）と呼び、強心（きょうしん）作用をもたらす生薬（しょうやく）に用いるという。

「蟾酥ではおまへん」

「ならば、何だ」

蟇蛙の肺を擂（す）りつぶしたものに、亜砒酸（あひさん）をくわえた毒らしい。

「南蛮人がプトマインと呼ぶ猛毒でおます。本来は白うて、ほんのり甘みがある粉やそうで。水にも溶けますよってに、少量の粉を混ぜた液を耳の穴にでも垂らしたら、いちころでんがな。ぬひょひょ」

ぶるっと肩を震わせる市之進に、燻徳は笑いかける。

にゅっと突きでた乱杭歯(らんぐいば)は、黄色い脂(やに)で汚れていた。

蔵人介は空咳を放ち、はなしを毒に戻す。

「効き目は、量によるわけか」

「さようで。調合の仕方次第では、即効にも遅効にも応じられまひょ」

このたびは量も少なく、熊胆と混ぜたので、何らかの毒消し作用がはたらき、死に至らなかったのかもしれないと、燻徳は推察する。

「おぬし、やけに楽しそうだな。もしや、蟇蛙のプトマインとやらを験(ため)したこともあるのか」

「冗談やおまへん。実物なんぞ、みたこともありまへん。ぜえんぶ、南蛮渡りの本草書(ほんぞうしょ)から得たはなしでんがな」

「信じよう。ところで、その蟇毒はどこで手に入れられるのだ」

肝心の問いを発すると、燻徳は黙りこんだ。

しばらくすると、重そうに口をひらく。

「蟇毒にかぎらず、毒を集めるのがお好きな御仁をひとり存じておます」

「誰だ、それは」

「佐々木呂庵いう奥医師でんがな」

蔵人介が、くっと顎をあげた。

「呂庵ならば、知っておるぞ。桔梗之間に詰めておる奥医師のなかでも、偉いほうのやつだ」

「公方さまのお脈もお取りにならはるんでっしゃろ」

その呂庵が燻徳のもとをお忍びで訪れては、毒になる薬種を求めていくという。

「目付にでも知れたら、呂庵の首は飛ぶな」

「そやから、ここだけのはなし言うとりまんがな」

「ふふ、徒目付どの、承知したか」

蔵人介は不満げな市之進に水を向け、文句を言わせずに同意させた。

呂庵が罰せられれば、燻徳も無事ではないからだ。

「せやけど、蟇毒はわてのところにありまへん。高価なもんやさかい、金をぎょうさん積んで裏の筋から手に入れるしかおまへんな」

裏の筋は、表にも通じている。日本橋本町三丁目の大路に軒を並べる大店の薬種問屋ならば、どの店も裏の筋から高価な毒を仕入れることができるという。

「抜け荷をやった連中から仕入れることもあれば、長崎の御奉行はんの筋から買わはることもあるんやとか。知れば知るほど恐ろしゅうなる。それが毒というものでんな」

市之進が辛抱できず、責めるような口調で問うた。

「おぬしの申したことは、茶呑み気分で喋るような内容ではない。どうして、義兄上に告げたのだ」

「矢背さまは恩人やさかい、仕方おまへんやろ」

「ふうん、恩人なのか」

「ほな、このへんで緞帳を下ろさせてもらいますわ」

ぷいと横を向く燻徳に礼を言い、ふたりは吹きだまりから逃れた。

大股でさきを急ぐ蔵人介に、市之進は必死に追いすがる。

「義兄上、薬師の言った恩とは何です」

「たいしたことではない」

夜道で辻強盗に襲われていたところを、偶さか救ってやったのだ。

命拾いをした燻徳はそれ以来、蔵人介を神仏のように敬っている。

「燻徳は食えぬやつだが、噛めば噛むほど味が出る」

「鰑（するめ）でござるか」

生真面目な徒目付の市之進にしてみれば、毒に詳しい薬師を野放しにしておくことに抵抗があるのかもしれない。ましてや、毒集めが好きな奥医師呂庵との繋（つな）がりを見過ごすことは忍びなかった。

だが、義兄への義理を優先しないわけにはいかない。

あれこれと思い悩む市之進を尻目に、蔵人介は小唄を口ずさみながら歩いていった。

四

夕餉の膳には、相模灘（さがみなだ）で獲れた鰺（あじ）のひらきが並んだ。

味噌汁は賽（さい）の目に切った豆腐と長葱、香（こう）の物は瓜揉（うりも）みだった。

焼き茄子の胡麻和（ごまあ）えと、擂（す）り鉢（ばち）で擂って固めた牛蒡（ごぼう）餅もある。

牛蒡餅は女中頭のおせきがつくったもので、鐵太郎の好物だ。

食の細い鐵太郎が、今宵にかぎっては三膳も平らげ、そのうえで牛蒡餅を美味そうに頬張っている。

蔵人介は箸を握ったまま、何気なく水を向けた。

「鐵太郎、道場はどうだ。少しは馴れたか」

「はい」

「そうか。道場主の浅沼甚八郎どのは小野派一刀流の免許皆伝、平戸藩松浦家の剣術指南役をつとめたお方とも聞いた。浅沼どのならまちがいないと、控え部屋の方々からも推奨されたのじゃ」

書院番組頭の押尾大膳太夫が浅沼と懇意にしており、その関わりで同役の子弟たちが門弟に多いとも聞いていた。正直なところ、近場でほかに適当な道場がみつけられなかったので決めたにすぎない。

浅沼甚八郎とは、面と向かってはなしをした。それとなく殺気を放ってみたが、気づかぬ様子だった。気づかぬふりをしているのでなければ、剣術の力量はたいしたことがない。それでも、鐵太郎を町道場へ入れたのは、できるだけ早く外の空気に触れさせたかったからだ。

「何ぞ困ったことがあったら、この機会に申してみよ」

蔵人介が優しく問うと、幸恵もわが意を得たりと口添えする。

「父上も気を遣っておいでです。正直に申すがよい」

「困ったことなど、ひとつもありませぬ」

鐵太郎がきっぱり応じたので、座に並んだみなは微笑んだ。

「よし、なれば、せいぜい励むがよい」

「は」

いじめを受けていることなどはおくびにも出さず、鐵太郎は新たな牛蒡餅に齧(かじ)りついた。

その様子を、幸恵だけは心配そうにみつめている。

いじめの事実を摑んでいるわけではないが、母親の直感が「何かおかしい」と囁いたのだろう。

鐵太郎と向かいあう志乃が、ふいに話題を変えた。

「近頃、厠(かわや)で妙な歌を唄っておいでじゃな。あの歌は何じゃ」

「歌など唄っておりませぬが」

「いいえ、仏間にも聞こえてまいりますぞ。山形(やまがた)に鉤(つり)と股(はたばり)がどうのとな」

「ああ、それのことですか。歌ではなく、田畑の歩数(ぶすう)を求める算式にござります」

「田畑の歩数じゃと」

「はい。山形（三角形）は鉤（高さ）と股（底辺）掛けてまた、ふたつに割りて歩数（面積）とぞ知る」

「ふえっ、驚いた。というより、呆れたわ」

志乃は大仰に言い、探るような眼差しを向けた。

「算式なぞおぼえて、どういたすおつもりじゃ」

「どうもいたしませぬ。ただ、なるほどと、理解するだけにござります」

「理解したことを実践したくなるのが人の情というもの。鐵太郎は御勘定方にでもなりたいのかえ」

「いいえ、家業を継ぐ所存でござりますが」

「御毒味役をか」

「はい」

一点の曇りもない返答に、志乃は面食らう。

胸の裡では、鐵太郎が毒味役を嫌がっているのではないかと懸念していたのだ。どうしても嫌ならば、養子をとって家業を継がせても致し方ないとまで考えており、そのことは折に触れて、蔵人介にも打診してきた。もっとも、肝心なのは鐵太郎の存念だけに、半信半疑ながらも、ほっと肩の荷が下りたような気にもなる。

志乃は舌鋒鋭く、鐵太郎に切りこんでいった。

「御毒味役にとって、田畑の歩数をひねりだす算式は必要ありますまい」

「仰るとおりです」

「必要のないことをおぼえることが、はたして、よいことなのであろうか。無駄なことかもしれませぬぞ」

志乃はわかっていながらも、わざと謎掛けをやっていた。

禅問答のように、無駄の意味を問うているのだ。

鐵太郎には難しすぎて、うまくこたえられない。

たまらず、蔵人介が助け船を出した。

「養母上、必要のないものに興味を持つことは、けっして悪いことではありませぬ。鐵太郎にとって算術は、茶の湯のようなものかもしれませぬぞ」

「茶の湯か」

「はい。一見すると無駄にみえて、じつは、きわめてだいじなものとでも申しましょうか。精神の均衡を保ち、安らかなる心を磨く。鐵太郎にとっては、算術が茶の湯なのかもしれませぬ」

「なるほど、上手い喩えじゃ」

志乃は得心がいったようにうなずき、止めていた箸を動かしはじめる。

鐡太郎は、ほっと安堵した。

母の幸恵にも『塵劫記』のことは内密にしていたので、ずっと罪の意識を抱いたままでいる。他人から貰った経緯を正直にはなせば、父や祖母から叱責(しっせき)を受け、算術などにうつつを抜かすことはまかりならぬと言われかねない。

それだけは避けたかった。算術という楽しみを取りあげられたら、このさきもつづくであろう陰湿ないじめに耐えられそうにない。鐡太郎はすでに『塵劫記』を読破し、端から端まで諳んじることができるまでになっていた。

葛巻隼人に会って、そのことを伝えたい。

さらに難しい算術の問いを解いてみたかった。

もはや、それは抑えきれぬ衝動となって、鐡太郎の全身を駆けめぐっている。

――人には持って生まれた適性というものがある。おぬしはひょっとしたら、毒味よりも別の分野で光る才能を携えておるのやもしれぬ。

葛巻の言った台詞が耳に焼きついて離れない。

今一度再会させてほしいと、鐡太郎は牛蒡餅を食いながら祈った。

念ずれば、願いは叶(かな)う。

五

数日後、またぞろ「毛虫入り弁当」を食わされそうになった帰り道で、鐵太郎は葛巻隼人に再会した。

「よう、またいじめられたな」

「はい。されど、何ほどのこともありませぬ」

強がって胸を張ると、葛巻はさも嬉しそうに笑う。

「『塵劫記』のおかげか」

「はい」

「諳(そら)んじるまで読みきり、さらに難しい問いが解きたくなった。そんな顔をしておる」

「よくおわかりになりますね」

「わしもそうであった。おぬしを目の前にすると、まるで、鏡をみておるようだ」

葛巻は先に立ち、大股でずんずん歩きだす。

「あの、どちらへ」

「ふふ、従（つ）いてくればわかる」

ふたりは迷路のような番町を横切って小石川へ向かい、神田上水の大曲（おおまがり）に架かった白鳥橋（しらとりばし）を渡った。

たどりついたさきは、源頼朝（みなもとのよりとも）に縁のある牛天神（うしてんじん）であった。

葛巻は境内の撫（な）で牛（うし）に触って願掛けをし、油照りの名残（なごり）のような日射しに包まれた参道をたどって本殿へ向かう。賽銭（さいせん）箱のまえで柏手（かしわで）を打って拝み、顔見知りらしき巫女（みこ）と会釈を交わしてから、本殿のなかへ踏みこんでいった。

鐵太郎も背につづいて、敷居をまたぐ。

ひんやりとした板間を、裸足で踏みしめた。

内は風通しも良く、射しこむ光もやわらかい。

葛巻は立ちどまり、長押（なげし）のうえに飾られた額を見上げた。

「あれをみよ」

指差された額を眺め、鐵太郎は息を呑んだ。

額のなかには、ひとつの大きな球とその内側に接する大小五つの球が描かれている。球に記された表示を読むと、ひとつ目は日球で、ふたつ目は月球、さらに、日球および月球のふたつに接するのが、甲、乙、丙の球だとわかった。

「算額だ」

聞いたことはある。算術の問いが解けたことを神仏に感謝し、いっそう精進することを祈念して奉納されたのがはじまりだ。やがて、答のない難問だけを額に描いて奉納するようになった。これを「遺題」という。近頃は算額奉納だけでは満足できず、難問を墓石に彫らせる者までいるらしい。

葛巻は、挑むような目で額を睨みつけた。

「全体を包む大きな球の直径は三十寸、内側に接する日球の直径は十寸、同じく月球の直径は六寸、さらに甲球の直径は五寸とする。そのとき、残りの球の直径は何寸になるか。それが問いだ」

「ふうむ、難問でござりますね」

「さよう。わしとて容易には解けぬ。そこで、条件に合致する張り子の球をつくってみたのだ。するとな、大きな球の内側に接する日球と月球の両方に外接し、しかも、大きな球にも外接している球の数は、ぜんぶで六つあった」

「六つでござりますか」

鐵太郎は、興味深そうに目を瞠る。

「すると、甲乙丙のほかに、あと三つの球が、あそこに描かれた球の後ろに隠されているわけですか」

「さよう。隠れているやつをみつけだすのが難しい。悪党を捜すのと同じでな」

「はは、なるほど。ようやく、問われていることがわかってまいりました。つまり、隠された球もふくめた、甲、乙、丙、丁、戊、己のうち、甲だけは直径がわかっている。ほかの五つの球について、それぞれの直径を答えよという問いになるのですね」

「そのとおりだ。おぬし、円の周囲はどうやって勘定する」

「直径に三と一六を掛けます」

「曲尺を使う大工ならば、それでよい。されど、和算で申すところの増約術を使えば、三と一六は三と一四一五九二六五三五となる。これで算定せねば、確かな答は導きだせぬのだ。ともあれ、まずは日球と月球に接する球が六個であることを証明いたさねば、さきへは進めぬ」

「いかにも」

「ふふ、難問は容易に解けぬところがおもしろい。算術の醍醐味でもある。もっとも、算術にかぎらず、学問とはそういうものだ。考えに考え、宇宙の真理に近づいていくのさ」

「はい」

「こうした算額は全国津々浦々、いたるところにある。それらを探して旅をするのも、また一興かもしれぬな」

心の底から「そうだ」と、鐵太郎は快哉を叫びたくなった。

ほかのものはすべて捨てさり、そのことだけに打ちこめる。

そうしたすばらしいものを、みつけたようにさえおもう。

「葛巻さま、ひとつお願いがござります」

「何であろうな」

「葛巻さまを、師匠と呼ばせていただけませぬか」

「ふっ、やめておけ。わしはな、おぬしがおもうほど立派な侍ではない」

「いいえ、呼ばせてください」

もしかしたら、父の蔵人介に匹敵するほど、いや、それ以上に尊敬すべき相手なのかもしれない。

葛巻はおもむろに印籠を取りだし、蓋を外して黒い丸薬を取りだした。

「鐵太郎、これが何かわかるか」

「熊胆にござりますか」

「さよう。なれど、微量の毒を仕込んである」

「えっ」

「いざとなれば、わしはこれで死にたい。ゆえに、常備しておるのだ。ふふ、脇差で腹を切る勇気がないのさ。侍の風上にも置けぬ男であろう。そのような者を、師匠などと呼ぶな。呼んだことを後悔するぞ」

「いいえ、後悔などいたしませぬ。あの算額に誓います」

「あの算額に」

「はい」

一点の曇りもない返事に、葛巻は苦笑する。

「ならば、勝手にしろ」

そうやって、ふたりは半刻近くも算額と睨みあいをつづけた。

佇んで首をかたむけつづけても、鐵太郎は苦にならない。

気づいてみれば、板間に西陽が長く射しこんでいた。

入口の片隅に、さきほどの巫女が立っている。

「そろそろ閉めたいのですが、よろしゅうござりますか」

申し訳なさそうに言い、困った顔を向けてきた。

「これはすまぬ。ついうっかり、いつもの癖が出てしもうた」

葛巻は月代を掻きながら、巫女に何度も謝ってみせる。

隣に立つ鐵太郎は、嬉しさを隠しきれない様子だった。

六

そのとき、蔵人介は牛天神の境内に佇む御神木（ごしんぼく）の陰に隠れていた。

鐵太郎と怪しげな侍のあとを尾（つ）け、本殿に籠（こ）もったふたりが出てくるのをじっと待っている。半刻近くも出てこないので不安に駆られたが、ぎりぎりまですがたをみせぬとおのれに誓っていたので、葛藤（かっとう）しながらも木陰から踏みださずにいた。

鐵太郎の様子を窺ってきてほしいと、幸恵に頼まれたわけではない。

「いじめられているようでござります」

と告げられても、十三の男子なのだから放っておけと突きはなした。

いじめごとき、本人の才覚で切りぬけられぬようなら、先々がおもいやられる。

一人前の幕臣になることなど夢のまた夢だと、みずからを納得させたものの、非番ともなれば気になって仕方がない。誰にも告げずに五味坂下の道場へおもむき、そっと様子を窺っていたら、鐵太郎が裏木戸の外で同年代の連中にこっぴどくいじめられていた。

いじめにくわわっていたのは書院番の子弟たちで、お山の大将は毒殺されそこなった組頭の息子だった。

鐵太郎はいじめに耐え、音（ね）もあげず、親の探してきた剣術道場に通いつづけている。

胸が痛くなった。健気（けなげ）な息子を抱きしめてやりたかった。

ぐっと怺（こら）えて窺っていると、見知らぬ若侍が鐵太郎に声を掛けてきた。

ふたりは再会を喜び、連れだって歩きはじめた。

蔵人介は不思議なおもいに駆られつつも、ふたりのあとを尾け、牛天神までやってきたのだ。

鐵太郎と若侍は仲の良い父子（おやこ）のようでもあり、年の離れた兄弟のようでもあった。

蔵人介は声を掛けそびれ、木陰に隠れて待つことにきめた。

拐（かどわ）かしの恐れはなさそうだが、踵（きびす）を返すわけにもいかない。

焦（じ）れったいおもいを募らせていると、ようやく、ふたりが本殿から出てきた。

さきほどより、いっそう親密になった様子がみてとれる。

ふたりは鳥居を潜りぬけ、名残惜しそうに別れを告げた。

蔵人介は鐵太郎ではなく、若侍の背中を尾けることにした。

素姓を探りだし、ことによったら、鐵太郎に近づいた理由を直に聞きださねばなるまい。

若侍は神社を数箇所めぐって願掛けをし、番町へ戻っていった。

住まいは道場のある五味坂下のほうではなく、牛込御門寄りの蛙原にあった。

蔵人介は屋敷の所在だけを確かめ、若侍には会わずに御納戸町の自邸へ戻った。

鐵太郎にも余計なことは聞かず、尾張屋板の番町絵図を取りだして調べてみると、若い侍の消えた屋敷の主が葛巻隼人という旗本だとわかった。

武鑑も繰って調べると、葛巻隼人は書院番の与力で、しかも、押尾組の配下にあることも判明した。いてもたってもいられなくなり、その足で市之進のもとを訪ね、さらに詳しく調べてもらうことにしたのだ。

翌朝、自邸で待ちかまえていると、市之進が得意気な顔であらわれた。

調べによれば、葛巻家に消えた若い侍は当主の隼人本人にまちがいないという。

葛巻家は五百俵取りの中堅旗本で、病で他界した父は長崎奉行付きの勘定方として、長らく平戸に赴任していたことがわかった。

隼人は一年余り前に、齢二十二で番入りし、一家の大黒柱を担うこととなった。嫁はまだおらず、兄弟姉妹もなく、使用人を除けば病気がちの母親とふたりで暮らしているらしかった。

「今月になってから、病と称して出仕を拒んでおります」

目を輝かせる義弟は、さらにつづける。

「鯱の病にござりましょう」

「なぜ、わかる」

「聞くところによれば、新入りとして番方に配されてから一年余りものあいだ、壮絶ないじめを受けていたようで」

みるからに非力で気性の優しい隼人は、粗暴で気の荒い番方の連中からみれば、からかい甲斐のある相手だったにちがいない。

隼人はついに耐えきれず、出仕を拒んだ。

「哀れなはなしにござります。いずれ近いうちに、御役御免の沙汰を受けるやもしれませぬ。理不尽ないじめにあって書院番から除かれていく者が、年に三、四人はおるのですよ」

「落ちこぼれてしまうわけか」

蔵人介は溜息を吐き、しみじみとこぼす。

葛巻隼人が鐵太郎に近づいてきた理由もわかってきた。

どうやら、市之進も同じ考えのようだった。

「同情を禁じ得なかったのでござりましょう。子は親のまねをいたします。だめな親なら、子もだめになる。葛巻隼人も鐵太郎も、箸にも棒にも掛からぬ連中の餌食になったのでござる」

市之進はふいに黙り、声をひそめた。

「少し気になることがござります」

「何だ」

「葛巻は昨年まで、京橋にある芝蘭堂の塾生でござりました。芝蘭堂と申せば、今や隆盛をきわめる蘭学塾にござりますが、葛巻隼人なる者、算術と薬学では他の者の追随を許さぬほど優秀な塾生であったとか」

「たしかに、薬学に秀でていたというのが引っかかるな」

「そこにござります。葛巻は毒にも詳しいはず。壮絶ないじめに遭い、押尾さまに恨みを抱いたことは容易に想像できますし、毒を盛る理由もあった。もうしばらく経てば、押尾組のなかでも、葛巻隼人と毒を結びつける者が出てくるやもしれません」

　すなわち、組頭の押尾に毒を盛った下手人として、葛巻が疑われるということだ。

「そうならねばよいのですが」

「なぜだ。おぬしのみたてどおり、葛巻が毒を盛ったのかもしれぬぞ」

「たとい、そうであったとしても、何やら可哀相で」

「四角四面（しかくしめん）の徒目付にしては、甘っちょろいやつだな」

と言いつつも、蔵人介も何かあれば葛巻を助けてやりたいとおもいはじめていた。

　市之進は茶も呑まず、用があると言って早々に去った。

　ところが、夕刻になり、興奮の醒めやらぬ顔で戻ってきた。

「いったい、どうしたのだ」

「鳥居さまから、葛巻隼人の名が漏らされました」

「何だと」

「やはり、押尾組の者が疑っているようです」

　葛巻は出仕を拒んでいたにもかかわらず、押尾が毒を盛られた当日の正午前後だけは休日願いを届けるために出仕していた。

「右の事実をもとに、押尾さまのほうから鳥居さまに調べの依頼があったようで。われわれ目付筋も、動かねばならぬやもしれませぬ」

「おぬしらが動いてどうする。葛巻隼人が毒を盛った罪人と判明いたせば、凶行におよんだ理由も掘りさげられよう。そうなれば、いじめを容認して命を狙われた押尾さまとて、何らかのお叱りは免(まぬか)れまい」

「そこは上のお方同士で、上手くおやりになるのでしょう」

目付のほうで目を瞑(つむ)れば、組頭を傷つけずに事を処理する方法はいくらでもあるという。たとえば、裁許帳(さいきょちょう)に「乱心」の二文字を冠(かん)しておけば、八方丸く収まるといったぐあいにだ。

市之進は怒ったように、ぷっと鼻息を吐いた。

「誤解のないように申しておきますが、拙者は葛巻隼人の名を毛ほども漏らしておりませぬ。あくまでも、鳥居さまのほうから持ちだされたのでござります。『御書院番のなかに、蘭学かぶれの阿呆(あほう)がいる。そやつが罪人かもしれぬゆえ、しかと心に留めおくように』と言われました」

「ふうむ」

蔵人介は腕組みをする。

「鳥居さまのお父上は、大学頭(だいがくのかみ)をおつとめになられた林述斎(はやしじゅっさい)さまだ。かのお方の蘭学嫌いを知らぬ者はおらぬ。葛巻隼人の不運は、おぬしの上役に目をつけられたことやもしれぬな」

「嫌な流れですね」

「ふむ。葛巻はあらかじめ、狙いをつけられていたのかもしれぬ。押尾組としては、幕閣(ばっかく)の御歴々の耳に達するよりまえに、禍々(まがまが)しい出来事の決着をつけておきたいのであろう。そのためには、人身御供(ひとみごくう)が要る」

「仰るとおりにござります」

もちろん、葛巻が罪人でないとも断じきれない。

問われるべきは、きちんとした調べがおこなわれるかどうかだ。

押尾組のがさつな面々をみれば、ろくに調べもせず、葛巻隼人に濡(ぬ)れ衣(ぎぬ)を着せる公算は大きい。さらに、蘭学嫌いの鳥居はうるさいことを言わず、押尾たちの措置を追認するにきまっている。目付の追認は、処罰の確定を意味するのだ。

「さりとて、わしの出る幕はない」

と、蔵人介は吐きすてた。

葛巻隼人は面識のない相手なのだ。

「なるほど、義兄上に助ける義理はありますまい。されど、鐵太郎のことはどうなされます。葛巻と親しくしておったのでしょう」

正直、あれほど嬉しそうな鐵太郎のすがたは目にしたことがないほどだった。

葛巻隼人があらぬ疑いを掛けられ、厳罰に処されでもしたら、鐵太郎は深く悲しむであろう。

しかし、それでもやはり、蔵人介はおのれが乗りだす明確な理由をみつけられずにいた。

七

文月十五日。

魔の手は唐突に伸びてきた。

葛巻隼人は一念発起し、千代田城に出仕した。

出仕を決めた理由のひとつは、いじめに耐えながらも浅沼道場へ通う鐵太郎のすがたに感じ入るものがあったからだ。おのれが「師匠」と呼ばれるに値するだけの者になるためには、病と称して家に籠もってばかりもいられなかった。

一昨日の夕べは祖霊を迎えるべく、門前に魂迎えの門火を焚いた。麻裃を纏って母と並び、門を押しひらいて亡き父を迎えいれたのだ。盂蘭盆会の精霊棚におさまった父に、鼓舞されたような気もしていた。

母は「無理をしてはなりませぬよ」と案じてくれたが、逃げずに立ちむかってみようと隼人は決めた。

庭に咲いた紅白の芙蓉を愛でながら、病床の母は「夕には萎んでしまうわね」と漏らした。なぜか知らぬが、残念そうな母の顔が瞼の裏に浮かんでくる。

隼人の任じられた書院番の者たちが守るべき門は、本丸への入城で最後の関門となる御書院門であった。別称の中雀門は、南を守る守護神の朱雀から名付けられた。御三家の殿様といえども、中雀門の門前で駕籠を降りねばならない。

警護は書院番六組のうちのひと組、すなわち、与力十騎と同心二十名でおこなう。

各組が朝番、夕番、泊番に分かれて順番に就き、つぎの組は城内表向の虎之間にて控えるのが慣例になっていた。押尾大膳太夫の率いる押尾組は、白書院近くの菊之間に詰める大膳太夫以外の者に関して言えば、本日の夕番に備えて虎之間にて控えることになっている。

隼人は夏虫色の地に檜垣文の肩衣と揃いの半袴を着け、中之門を潜って大番所前を左手に進んだ。

眼前には、重厚な石垣に囲まれた雁木（がんぎ）の石段がある。

中雀門の土台となる石垣は三代将軍家光（いえみつ）が修復した天守台の石にほかならず、明暦（めいれき）の大火ののち、新しい天守台が築かれた際に移築されたものだった。

石段を登ると、右手が本丸への入口となる御書院門となる。

左手には新門があり、左手上方には重箱櫓（じゅうばこやぐら）がみえた。

隼人は他組の番士たちに一礼し、御書院門を潜りぬけた。

——どん、どん、どん。

本日は定例登城の日ゆえ、諸大名の登城を促す四つ下がりの太鼓が轟いている。

隼人は檜（ひのき）の香りがする表玄関を避け、脇の通用口で草履を脱いだ。

遠侍（とおざむらい）前の入側（いりがわ）を左手に進めば、目の前が押尾組の詰める虎之間だ。

虎の描かれた襖を開けると、部屋は五十畳敷きはあろうかという広さである。

出仕はあらかじめ報せてあったので、虎之間では見知った顔が大勢で待ちかまえていた。

なかでも、小頭の窪木三右衛門は舌なめずりまでしている。

あいかわらず、図体（ずうたい）だけはでかいなと、隼人はおもった。

野心旺盛（やしんおうせい）で性質は粗暴、上には媚（こ）びへつらい、下の連中は芥（あくた）も同然に扱う。みずからの強権を誇示すべく、恐怖を植えつけて番士たちを統率しようとする。唾棄（だき）すべき小頭が厳（いか）ついからだを押しだし、地獄の獄卒（ごくそつ）よろしく命じてみせた。

「それ、みなの者、葛巻隼人を捕らえよ」

「うわっ」

同僚の番士たちが、一斉に躍りかかってくる。

葛巻は右腕を後ろに捻られ、窪木の面前へ引ったてられた。

一部の者たちは、外から誰かに覗かれぬよう、固く閉じられた襖の手前に垣根をつくっている。

窪木が声を押し殺した。

「腰の印籠を取りあげよ」

与力のひとりが近づき、帯から印籠を引きちぎる。

窪木は手渡された印籠の蓋を外し、畳に中味をばらまいた。

何種類かの薬に混じって、黒い丸薬も飛びだしてくる。

「これよ、これ」

窪木は丸薬を摘みあげ、鬼の首を取ったように笑った。

「葛巻よ、この丸薬で組頭さまを亡き者にしようとしたな」

「えっ」

捕らえられた理由が、ようやく合点(がてん)できた。

「お待ちを。それは、熊胆にござります」

「黙れ、見苦しい言い訳などいたすな。これが熊胆ならば、呑んでみせよ。どうじゃ、呑む勇気などあるまい」

これはいじめの延長だなと、隼人はおもった。

書院番の組内で起こった凶事の責を負わせたいのだ。

何を言ったところで、莫迦どもに言い訳は通用しまい。

「わかり申した」

それほど死なせたいのなら、潔く死んでやろう。

気持ちは昂揚(こうよう)していた。

病んだ母のことだけが気に掛かる。

自分が死ねば、母も生きてはいまい。

人並みに嫁を娶(めと)り、孫の顔がみたいと望んでいた母には、ほんとうに申し訳ないとおもう。

だが、終わりくらいは、侍の意地をみせて死にたい。

母上、申し訳ないことにござります。

胸の裡で、何度も謝りつづけた。

木偶(でく)の坊(ぼう)の窪木が、何やら喋っている。

「おぬしの処分は、御目付からも組頭さまに一任されておる。厳罰は免れまいが、真実をはなすと申すなら、一片の恩情もあろう」

隼人は、窪木の台詞など聞いていない。

すでに、決意は固まっていた。

できることならば、組頭の面を拝んでから死にたい。

その願いが天に届いたのか、音もなく開いた襖の向こうから、押尾大膳太夫が飄然(ひょうぜん)とあらわれた。

「へへえ」

窪木を筆頭にして番士たちが平伏(ひれふ)すなか、隼人だけは正座したまま頭(こうべ)も垂れず、毅然と前を向いている。

そのすがたには、いじめられて出仕を拒んだ者のひ弱さはない。

襖は固く閉じられた。

押尾は上座に腰をおろし、面長の顔をしかめる。

「これ、頭が高い」

慌てた窪木に叱責されても、隼人は微動だにしない。

隠然としたその迫力は、押尾をもたじろがせた。

「おぬしか。わしに毒を盛ったのは」

押尾は不機嫌な口調で言い、ぎろっと睨みつける。

隼人には申しひらきをする気もなかった。

罪を認めずとも、濡れ衣を着せられることはわかっている。

適当な者に罪を擦りつけ、一刻も早く凶事の幕を引きたいのだ。

「しかと、こたえよ。真実を申せば、罪一等を減じてもよい」

「しからば、おこたえ申しあげる。毒を盛ったは拙者にござる。理由はご自身の胸にお聞きなさるがよい」

「何じゃと」

押尾は激昂し、鼻下に伸ばした泥鰌髭を震わせた。

隼人はそのとき、冷静に間合いを計っていた。

自分の腰に大小はない。奪われてしまった。

脇に控えた与力の腰には、脇差がある。

「窪木、その者を縛りつけ、猿轡（さるぐつわ）を噛ませておけ。追って沙汰いたす」

押尾は怒りの醒めやらぬ顔で言いつけ、やおら腰を持ちあげた。

「あいや、お待ちを」

隼人はひらりと掌をあげ、押尾を押しとどめる。

「虎は千里の藪（やぶ）に住む。拙者にとって、この虎之間はあまりに狭うございます」

「何じゃと、世迷い言（よまいごと）をほざきおって」

「人の上に立つ者は、配下の才を見抜かねばならぬ。まあ、おぬしのごとき者に何を言うたところで、馬の耳に念仏であろうがな」

隼人の台詞は的を射ているだけに、押尾の怒りを沸騰させる威力を持っている。

ぴんと、空気が張りつめた。

配下の連中は空唾（からつば）を呑む。

「こやつめ」

押尾は刀の柄を握り、窪木に押しとどめられた。

「組頭さま、殿中（でんちゅう）にござる」

一方、隼人は片膝を立て、右脇へ手を伸ばした。

「ひぇっ」

仰け反った与力の腰から、巧みに脇差を奪いとる。

「うわっ、何をする」

周囲はうろたえ、慌てふためいた。

「ぬおっ」

隼人は立ちあがり、脇差を頭上に掲げる。

殿中で刀を抜いただけでも、厳罰は免れない。

無論、覚悟のうえだ。

「落ちつけ、刀を下ろすのじゃ」

押尾は怯（ひる）み、窪木の背後に隠れた。

が、盾となるべき窪木が逃げ腰になっている。

隼人はふっと笑みを漏らし、その場にすとんと腰を落とした。

素早く肩衣を左右に撥（は）ねあげ、着物の前をはだける。

痩せた腹をさらし、廊下にも響くほどの大声を張った。

「わしとて侍の端くれじゃ。端くれの最期を、うぬらの腐った眸子（まなこ）でしかと見届けよ」

切っ先を逆さにするや、ざくっと下腹に突きたてる。

「ぬおっ」

縦一線に裂き、ずぼっと引きぬくや、こんどは横一文字に引きまわした。

引きまわしながらも、隼人は立ちあがり、窪木と押尾に近づいていく。

「うわっ、寄るな、寄るでない」

ふたりは後ろ向きで倒れ、夥しい血を全身に浴びる。

「……ば、莫迦どもめ」

隼人は低声で吐きすて、押尾と窪木の上に覆いかぶさっていった。

八

三日後。

葛巻隼人の死は病死とされたが、みずから腹を切った壮絶な最期は、詳しい経緯を知る徒目付の市之進から蔵人介の耳にもたらされた。

悲惨に輪を掛けた出来事は、息子の遺体を引きとった病床の母親が同じ日の晩、自害して果てたことである。そのはなしを聞いたときばかりは、腹の底から込みあげる憤りを抑えかねた。

鐡太郎は知らない。

報せるべきかどうか迷ったが、蔵人介は沈黙を守った。

夕刻、市之進が眉をひそめたくなる新たなはなしを持ちこんできた。

竹中刑部という家禄三千石の寄合旗本が、城中控えの間で不審な死を遂げたというのだ。

「毒を盛られたようです」

市之進はそう言い、包み紙を開いた。

黒い丸薬が数粒はいっている。

「これが遺体のそばに」

検屍に立ちあった奥医師から入手したものらしい。

蔵人介は丸薬を摘みあげ、匂いを嗅いだ。

「熊胆だな」

「家人によれば、竹中さまは腹痛に悩まされておいでで、熊胆を常備しておられたのだとか」

「押尾大膳太夫と同じではないか」

「さようにございます。しかも、押尾さまと竹中さまは犬猿の仲、御書院番組頭の座を争った宿敵同士だったとも聞きました」

「なるほど。押尾が出世争いに勝ち、竹中が負けた」

地位や名誉もさりながら、一千石の職禄をかけた争いでもあった。

負けたほうの口惜しさは、尋常なものではなかったにちがいない。

「こたびの毒殺についても、いの一番に疑われているのは、押尾さまにございます。されど、証拠が何ひとつない」

「おぬしら目付のみたては」

「鳥居さまは、報復を疑っておられます」

「報復」

「はい」

最初は出世争いに勝った押尾が、竹中に狙われた。それが不首尾に終わると、こんどは押尾が同じ手で報復に出て、見事にやりおおせた。

押尾はもしかしたら、自分に毒を盛った相手の正体がわかっていたのかもしれない。

そうであったとすれば、葛巻隼人の死は何だったのかと、蔵人介はおもわずにいい。

られなかった。

潔く腹を切った真相も隠蔽され、すべてはなかったことにされたのだ。

葛巻の死は、犬死ににも等しい。

「許せぬな」

「義兄上、どうなされるおつもりですか」

まずは、毒を盛った真の罪人を捜しださねばならぬ。

そして、毒を盛らせた黒幕の正体をつきとめるのだ。

市之進の目が光った。

「じつは、検屍をやった奥医師が、桔梗之間に詰める別の奥医師を疑っております。その奥医師、竹中さまがお亡くなりになった前後に自邸を訪問した形跡があるとかで」

「奥医師の名は」

「佐々木呂庵にござる」

「そうか、呂庵か」

角野熏徳の口から漏れた奥医師の名だ。

葛巻隼人の一件もあり、放っておいたら、こんなところで結びついた。

「聞くところによれば、呂庵は麹町に楼閣のごとき三階建ての屋敷を持っているとか」

「法外な薬礼で儲けておるのさ。お城の御殿医というだけでありがたがられ、脈診だけで何十両も払う阿呆な商人はいくらでもいる」

「そういった連中は毒を呑まされても、感謝するのでしょうな」

市之進の言うとおり、金持ちほど権威の衣に弱い。

「かりに、呂庵が毒を盛ったとすれば、二股を掛けておったとも考えられるな」

「最初は竹中に金を積まれて押尾に毒を盛り、失敗ったとみるや、押尾のほうに寝返った。押尾がしかし、呂庵を許すでしょうか」

許すまい。だが、利用はするだろう。

なにせ、宿敵だった相手を毒殺できるのだ。

ただし、葬ってしまえば、呂庵は用無しになる。

「しかも、事情を知りすぎている」

と、蔵人介はつぶやく。

「口を封じられるやもしれぬな」

市之進が首をかしげた。

「押尾さまが、そこまでなされましょうか」

「悪智恵のはたらく臆病者なら、やるかもしれぬ。毒ではない別の手を使ってな」

「どういたしましょう」

「様子見をするしかあるまい」

呂庵が変死でも遂げれば、読みは当たったことになる。

殺められるまえに捕まえて吐かせる手もあったが、醜い出世争いから生じた出来事だけに、蔵人介は関わりを避けたいとおもった。

九

同日午後。

鐵太郎は今やお守りとなった『塵劫記』を小脇に抱え、番町の五味坂へやってきた。

五番丁と新道二番丁のあいだにある坂なので当初は「五二坂」と呼ばれたが、いつのころからか「五味坂」に変わったらしい。「五味」は「芥」にも通じ、坂下の空き地には不心得者どもが芥を捨てにくる。野良犬や烏が見受けられるのはそのせいだ。

鐵太郎が坂下までやってくると、窪木廉也が待ちかまえていた。

何食わぬ顔で通りすぎようとすると、廉也から喋りかけてくる。

「おい、鐵太郎。城中表向の虎之間で腹を切った者がおるらしいぞ。そやつの名、知りたくはないか」

「さようなこと、どうして、わしが知らねばならぬ」

「おぬしがそやつと仲良く歩いているのを、見掛けた者がおるからさ」

「えっ」

心ノ臓が口から飛びだしそうになった。

「侍の名は葛巻隼人。どうだ、おぼえがあろう」

四肢がぶるぶる震え、制御できなくなる。

「葛巻はな、琢磨さまのお父上に毒を盛ったのだ」

「まさか」

と、発しながらも、鐵太郎の脳裏には牛天神の本殿でみせられた黒い丸薬が浮かんでいた。

「ところがな、葛巻は罪人ではなかったと、わしの父上が仰った」

「……ど、どういうことだ」

「寄合の竹中刑部さまは存じておろう。葛巻が死んだあと、竹中さまが同じ丸薬で毒殺されたのさ。まさか、死人が毒を盛るわけにもいくまい。それゆえ、葛巻隼人は罪人ではない。にもかかわらず、恰好つけて腹を切った。しかも、腹を十字に切ったのに、公儀のほうで病死にされた。あれは犬死にも同然だと、父上は笑っておられたぞ」

「……い、犬死に」

つぶやいたところへ、道場主の浅沼甚八郎が叱りつけてくる。

「そこのふたり、稽古は始まっておるぞ。何をしておる」

浅沼は門から踏みだし、頭上で八角棒を振りまわした。

「きぇ……っ」

気合いを聞いただけで、廉也は小便をちびる。

一方の鐵太郎は踵を返し、五味坂を駆けあがりはじめた。

「おい、待て。どこへ行く」

浅沼に呼びとめられても、足は止まらない。

怒りと口惜しさで、胸が張り裂けそうになっていた。

ただ、涙は一滴も出てこない。

廉也がはなしたことを、信じたくないからだ。

じつは、書院番の与力が城中で切腹したことは知っていた。

叔父の市之進が自邸で父に喋っているのを、盗み聞きしたのだ。

しかしながら、無念の死を遂げたのが葛巻だとは知らなかった。

真実（まこと）ならば、無念すぎる。

鐵太郎は駆けに駆け、御納戸町の自邸に戻った。

まっすぐ裏庭へ向かい、落ち葉を集めだす。

「くそっ」

冷静に頭をはたらかせると、はなしの筋がみえてきた。

発端は書院番組頭の地位をめぐる争いだ。争いに敗れたほうが宿敵の毒殺をはかり、失敗（しくじ）った。それを知ると、勝ったほうが報復をこころみた。

葛巻隼人は不運にも、醜い出世争いの犠牲になった。

濡れ衣を着せられ、死に追いやられたのだ。

「あれほど優れた人物を、あたら失ってしまうとは」

あまりに、理不尽すぎる。

これは幕府の、いや、国の損失と言っても過言ではない。

けっして、このような理不尽を許してはならぬ。

非力な自分にも抗う意志のあることを、悪党どもに示してやらねばなるまい。

鐵太郎は燧石で火を熾し、火種に移した。

じっと炎をみつめ、何をおもったか、お守り代わりの『塵劫記』を炎に投じる。

「意志だ」

抗う意志を示すのだ。

そのためには、後顧の憂いを除かねばならぬ。

自分なりに考えた行動だが、傍からみれば異様な光景だった。

厳しい残暑のなか、鐵太郎は汗をだらだら掻きながら、焚き火のなかに書を投じているのだ。

「……ぼんぼんぼんは今日明日ばかり、明日は嫁のしほれ草、しほれ草」

辻向こうから聞こえた盆歌が、次第に遠ざかっていく。

「鐵太郎、そこで何をしておるのですか」

母の幸恵が険しい顔でやってきた。

「気でもおかしくなったのか」

「いいえ、母上。拙者は『塵劫記』を燃やしております」

『塵劫記』を、なぜ燃やす。母は存じておりました。それはだいじなお方にお借りしたものであろう」

「だいじなお方……」

鐵太郎は感極まり、口をへの字に曲げる。

「泣くでない。しかとこたえよ。どうして、それほどまでにだいじなものを焼いてしまうのです」

「……そ、それは、母上であっても、おこたえできませぬ。わたしは、この『塵劫記』を焼かねばならぬのです。文字どおり、塵にするしかないのです」

生まれてこの方、一度たりともみせたことのない意志の強さが、幸恵を黙らせた。

――おい、鐵太郎。

突如、炎のなかから、葛巻隼人の声が聞こえてくる。

必死に耳をかたむけると、声は丁寧に教えてくれた。

――聞くがよい。和算の増約術を使えば、三と一六は三と一四一五九二六五三五となるのだぞ。

「お師匠さま」

鐡太郎は叫び、幸恵の脇を擦りぬけるや、冠木門（かぶきもん）の向こうへ飛びだしていった。

十

正午前。

鐡太郎は駆けつづけ、駿河台（するがだい）までやってきた。

荒い息を吐きながら、胸突坂（むねつきざか）を上ったのだ。

刀の柄を握り、豪壮な門構えの屋敷を仰ぐ。

書院番組頭、押尾大膳太夫の屋敷だった。

ちょうどそこへ、息子の琢磨が稽古から戻ってきたのに出会（でくわ）した。

「あれ、誰かとおもえば、毒味役の息子ではないか。わしに何か用か」

「おぬしなんぞに用はない」

「何だと」

「おぬしの父に用がある。おぬしの父は、幕臣に範（はん）を垂れるべき組頭の地位にありながら、番士たちに理不尽きわまりない慣行を強いてきた。あまつさえ、優れた配下を見殺しにした」

「おぬし、誰に向かってものを申しておる」

「親も親なら子も子。数々の愚行に目を瞑ってきたが、もう遠慮はせぬ。身分の垣根を取っぱらえば、おぬしなんぞ屁の河童だ」

鐵太郎は立て板に水のごとく喋りきり、ぐっと睨みつける。

琢磨は黙った。完全に呑まれている。

鐵太郎は足を繰りだし、たたみかけた。

「わしは命を捨てにきた。おぬしの父と刺しちがえるつもりだ。何なら、息子のおぬしをまず血祭りにあげようか」

柄を握ったまま、さらに一歩踏みこむ。

琢磨は石地蔵のように動けず、言い返すこともできない。

「積年の恨み、ここで晴らしてくりょう」

鐵太郎は歌舞伎役者のごとく睨みを利かせ、刀をしゅっと抜いてみせた。

「ひぇっ」

琢磨は腰を抜かし、股間を濡らしてしまう。

と同時に、背後の門が軋みあげた。

内から出てきたのは、小頭の窪木三右衛門だ。

「あっ、若。どうなされた」

琢磨は問われ、震える指で差ししめす。

「……あ、あやつが、わしを斬ろうとした」

「何と」

窪木は振りむき、鬼の形相で誰何（すいか）する。

「こわっぱ、おぬしは誰の倅（せがれ）じゃ」

鐵太郎は、ぐっと胸を張った。

「公儀毒味役矢背蔵人介が一子、鐵太郎にござる」

「鬼役の倅が何しに来よった」

琢磨が脇から口を挟んだ。

「そやつ、父上と刺しちがえる気だ」

「若、それはまことにござるか」

「嘘ではない。本人に聞いてみよ」

窪木が、ぬっと鼻面を寄せる。

「若の仰ることはまことか。返答次第では容赦せぬぞ」

「うるさい。そこを通せ。雑魚（ざこ）と問答している暇はない」

鐵太郎は青眼(せいがん)に構えた刀を、大上段に構えなおす。

窪木は口端を吊り、不気味に笑った。

「こわっぱめ、後悔しても知らぬぞ」

「言ったはずだ。雑魚に用はないと」

「組頭さまは、御屋敷におらぬ。どうしても会いたいなら、味噌汁で顔を洗って出直してこい。されど、口上だけは聞いてやろう。組頭さまの命を狙う理由は」

「わが師匠の仇」

「師匠とは、誰のことだ」

いぶかしむ窪木に、堂々とこたえた。

「葛巻隼人さまのことだ」

「ははん、あやつか」

「葛巻さまは、おぬしらから濡れ衣を着せられ、見事に腹を切って果てた。ところが、その死すらもなかったことにされた。さような理不尽は許せぬ。よって、組頭の押尾大膳太夫を成敗(せいばい)しにまいった」

「聞き捨てにならぬな。濡れ衣がどうのと、さような戯れ言を誰に聞いたのだ。おぬしの父か」

「誰でもよい」

「生意気なこわっぱめ。もう少し詳しく、事情とやらを聞かせてもらおう」

窪木は冷笑しながら、ずいっと足を運ぶ。

「寄るな」

「そういうわけにはいかぬ。礼儀を知らぬこわっぱには、灸(きゅう)を据えねばならぬ」

窪木は腰を落とし、ずらっと刀を抜いた。

脇でみている琢磨は、目玉が飛びださんばかりになっている。

窪木は鐵太郎に合わせ、車(しゃ)に下げた本身(ほんみ)を大上段に持ちあげた。

「わしはこれでも、小野派一刀流の免状を持っておる。存じておろう、必殺の奥義(おうぎ)は斬り落としじゃ」

大上段に構えた者同士が相手の頭蓋に狙いを定め、同時に本身を振りおとす。

「鎬(しのぎ)で弾かれたほうが、頭蓋を割られて死ぬ。どうだ、ためしてみるか。くふふ、恐怖を克服した者のみが生きのこる。克服できねば、死あるのみじゃ。さあ、長(ちょう)広舌(こうぜつ)はこのくらいにしよう。ずりゃ……っ」

凄まじい勢いで、頭上に白刃が襲いかかってくる。

鐵太郎は後方に跳ね、白刃を横に寝かせた。

──きいん。

強烈に手が痺れ、火花が目に飛びこんでくる。

そのあとのことは、はっきりおぼえていない。

肩口に激痛をおぼえ、頭が真っ白になった。

「ふん、根性だけはみとめてやろう」

窪木の吐いた台詞を、消えかかる意識の狭間に聞いたような気もする。

鐵太郎は、父の蔵人介に助けを求めた。

必死に叫ぼうとしても、声にはならなかった。

十一

奥医師の佐々木呂庵が殺された。

「読みが当たりましたな。あきらかに、口封じにござりましょう」

そう吐いたのは、市之進である。

呂庵の屋敷は麴町六丁目にあり、屍骸(むくろ)は裏手に流れる堀川のそばでみつかった。

薬種問屋の接待を受けたあと、亥ノ刻過ぎに帰宅したところを待ちぶせされたらしかった。

「この目で確かめてまいりましたが、無惨なほとけでした」

何か固い物で頭を粉々に砕かれていた。

「刀傷はひとつもなく、棍棒のような得物（えもの）で一撃にされておりました」

固い頭蓋を一撃で砕くためには、かなりの膂力（りょりょく）と技倆（ぎりょう）を必要とする。

「下手人は棒術を得手とする者かもしれませんね」

市之進のことばが、とある人物を連想させた。

今、蔵人介は、その人物のもとへやってきている。

番町の五味坂下だ。

夕陽は大きく西にかたむきはじめていた。

睨みつけた門柱には「小野派一刀流　浅沼道場」とある。

覚悟を決め、冠木門を潜りぬけた。

鐡太郎の入門を決めたとき以来のことだ。

道場主の浅沼甚八郎は根来流棒術の師範であり、書院番の上の連中とも浅からぬ因縁で繫がっている。組頭の押尾大膳太夫に依頼され、邪魔者を消す手伝いをした公算は大きい。

呂庵殺し以外にも、面と向かって質したいことがあった。

鐵太郎のことだ。

書院番の子弟たちに陰湿ないじめを受けているにもかかわらず、道場主が放置しているのではあるまいか。

そのあたりを問いつめてやりたい。

幸恵に不安げな顔で訴えられたのだ。

「鐵太郎は何やら、おもいつめているようです」

この暑いのに、裏庭で焚き火を熾し、たいせつな書を焼いていたという。

焼かれた書が『塵劫記』だったと聞き、蔵人介はおもわず溜息を吐いた。

葛巻隼人から貰ったものだと察していたが、ずっと黙っていたのである。

赤の他人から安易に物を貰ってはいけない。そうやって叱責する機会を窺っていた矢先のことだった。

たいせつにしていた『塵劫記』を焼いたことと葛巻の割腹は、無縁ではあるまい。

鐵太郎は何らかのきっかけで葛巻の死を知り、死に至る経緯も知った。

それゆえ、思い出の品を焼き、覚悟を決めて家を飛びだしたのだ。

覚悟とは、いったい何なのか。

さすがの蔵人介も、鐡太郎が仇討ちに走るとはおもいもしなかった。

温厚な息子が、無謀な行為に出るはずはないという頭があったからだ。

直感だけが「危ういぞ」と囁きかけている。

浅沼ならば、何か知っているのではないか。

期待と不安の入りまじった心持ちで、蔵人介は玄関の敷居をまたいだ。

道場はがらんとしていて、人の気配もない。

呼びかけもせず、裏手の庭へまわった。

「ふっ、ふっ」

諸肌脱ぎになった浅沼が、汗を散らしながら八尺の八角棒を振っている。

鍛えこんだ背中の筋がうねうねと盛りあがり、鋼のように光っていた。

蔵人介は気配も殺さず、黙って近づいていく。

浅沼が動きを止め、太い首を捻った。

「矢背どの、やはり、来られたか」

待ちかまえていたらしい。

「わしを待っておったのか」

「そろりと来られる頃合いとおもい、棒を振りこんでおりました」

浅沼は気合いを発し、棒をぶんと頭上で旋回させる。

蔵人介は、恐怖を打ち消すように質した。

「奥医師の脳天を砕いたは、その八角棒か」

「はて、どうであろうか」

「しらを切るな」

「ふっ、聞いてどうなさる。たとい、真相を知ったところで、鬼役の貴殿に三千石取りの重臣を葬ることなどできますまい」

「三千石取りの重臣とは、押尾大膳太夫のことだな。押尾はみずからに毒を盛ったのが奥医師の呂庵と知り、逆しまに取りこんで利用する手をおもいついた。そして、宿敵の竹中刑部を同じ手で毒殺させたのだ。事が成就すると、金さえ積めば容易に寝返る呂庵が邪魔になった。おぬしは浅からぬ縁のある押尾から呂庵殺しを依頼され、易々とやってのけた。それが筋だ」

「良い読みをしておられる。あの方は正真正銘の悪党でござりましょう」

「なぜ、受けた。金のためか」

「それもあります」

と、浅沼は自嘲する。

「ご存じのとおり、束脩だけでは食っていけませぬゆえな」

「ほかに、受けた理由があるとでも」

「幕臣に推挙するという言質を得たのでござる」

「なるほど、そういうことか」

「押尾さまは道場の後ろ盾でござる。縁を切られたら、わしは路頭に迷うしかない。以前のような惨めな暮らしに戻るのだけはごめんでな」

「惨めな暮らしとは」

「兇状持ちの浪人暮らしでござるよ。わしは長崎平戸で喧嘩沙汰に巻きこまれ、藩士をひとり斬った。その足で江戸へ逃れてきたのはいいが、こそこそ隠れながら爪に火を灯すような貧乏暮らしをつづけた。三年でござる。三年のあいだに、妻を病で失ってしもうた。あのころには戻りとうない」

「金のために人を殺める者を、外道という。外道に堕ちるくらいなら、惨めな暮らしをしておったほうがましかもしれぬぞ」

浅沼は声を荒らげた。

「言うな。もう終わったことだ」

「さよう。おぬしは、やったことの報いを受けねばならぬ」

「よかろう。どっちにしろ、貴殿は消さねばならぬ相手であった」

蔵人介は首をかしげる。

「ん、どういうことだ」

「ふふ、小頭の窪木さまを介して、つい今し方、あの方から命が下された。鬼役の矢背蔵人介を始末せよと」

「わからぬ。なぜ、わしのことが知れたのだ」

「鐵太郎でござるよ」

「なにっ」

「あやつ、剣はからっきしだが、根性だけはある。割腹して果てた葛巻隼人の仇を討つべく、単身、あの方の御屋敷へ乗りこんだのでござる。もっとも、呆気(あっけ)なく捕まったようだが」

蔵人介は心ノ臓を締めつけられ、呼吸をするのも苦しくなった。

「鐵太郎は生きておるのか」

「おそらくは。まんがいち、おぬしが生きてここを脱し、駿河台の押尾屋敷へ走ったときのために、生かしておく腹であろう。無論、ここでおぬしが死ねば、鐵太郎を生かしておく必要もなくなる」

蔵人介は黙った。ひとことも発しない。

心が、次第に冷えていくのがわかった。

「どうした。鐵太郎のことが心配で、勝負に集中できぬか。おぬしと一度目に対峙したとき、わしはわざと殺気を消した。いずれ、おぬしとは、こうなる予感があったからかもしれぬ。舐めてかかると、二度と後ろの正門から外へ出られぬぞ。さあ、まいろう」

浅沼は撞木足にひらいて腰を落とし、八角棒を青眼に構える。

蔵人介はだらりと両腕を垂らし、じっと相手を睨みつけた。

十二

浅沼甚八郎は八角棒を頭上で旋回させ、ぴたっと青眼に構えた。

棒の先端をよくみれば、鉄板が貼りつけてある。

まともに打たれたら、皮膚は裂け、肉は潰れ、骨は粉々になるだろう。

刀よりも厄介だった。なにせ、長さが八尺もあるのだ。

八尺の棒を自在に操ることができるだけでも脅威だった。

浅沼が踏みこんでくる。
「ぬりゃ……っ」
顔面に突きがきた。
蔵人介は抜刀し、国次を斜めに薙(な)ぎはらう。
棒はわずかに動いただけで、先端に鼻面を舐められた。
「くっ」
仰け反って一撃を躱(かわ)すや、すぐさま、側頭を狙われる。
左からの払いだ。
咄嗟に首を縮めた。
――ぶん。
風圧に髷を飛ばされる。
たまらず横に飛び、地べたへ転がった。
固い棒の先端が真上から、撓(しな)りながら襲いかかってくる。
――どすん。
耳の脇に穴が穿(うが)たれた。
「ぬわっ」

左右に横転し、埃まみれになる。

行きどまりに、石燈籠があった。

——がつっ。

棒の先端が石燈籠を削る。

火花が散った。

やはり、八尺と二尺五寸では勝負にならない。

しかも、浅沼の動きは獣のように素早かった。

ひとつところに留まらず、息をもつかせぬ攻撃を仕掛けてくる。

八尺の棒が三尺に縮まったかにみえる瞬間が幾度もあった。

伸縮自在の如意棒（にょいぼう）が、あらゆる角度から繰りだされるのだ。

蔵人介は勝機を見出しかねた。

「ぐふふ」

浅沼は勝利を確信したように、攻撃の手を弛（ゆる）める。

「どうした。矢背蔵人介とはその程度のものなのか。ふっ、わしのみたてが誤っておったのやもしれぬ」

ここが勝負だと、蔵人介は胸に叫んだ。

肉を斬らせて骨を断(た)つ。

むっくり起きあがり、国次を鞘(さや)に納めた。

「ほう、あきらめたか。ならば、死ね」

浅沼は八角棒を右八相(はっそう)に掲げ、誘うように振りおろしてくる。

蔵人介は不用意に踏みだし、みずから誘いに乗った。

避けられるはずの一打目を、敢えて左肩に受けた。

――ばすん。

骨の軋(きし)む鈍い音とともに、激痛が走った。

鉄板の巻かれた棒の先端で、まともに打擲(ちょうちゃく)されたのだ。

「なにっ」

浅沼は驚いた。

一打目は回避される前提で、会心(かいしん)の一撃となるはずの二打目を用意していたのだ。

蔵人介は、わずかな間隙(かんげき)も見逃さない。

「ふん」

一閃、国次を抜刀する。

白刃は八角棒の表面を滑り、浅沼の指を殺(そ)いだ。

「うげっ」

さらに、胸を深く裂き、肋骨(ろっこつ)までも断ってみせる。

蔵人介が身を離しても、浅沼は倒れずに立っていた。

「……は、早く、行ってやれ」

いまわに漏らし、くはっと血を吐く。

――ぶん。

蔵人介は血振りを済ませ、国次を鞘に納めた。

と同時に、浅沼はどしゃっと仰向けに倒れる。

左肩を動かしてみると、尋常ではない痛みに襲われた。

どうやら、関節を守る筋を痛めたようだ。

当面、左手は使いものになるまい。

「ままよ」

蔵人介は言いすて、踵を返す。

「待っておれ、鐵太郎」

冠木門から外へ飛びだすや、必死の形相で駆けだした。

十三

暗闇に目が馴れてくると、恐怖が迫りあがってきた。
武者の鎧兜が今にも立ちあがり、こちらに歩いてくるような錯覚に陥る。
黴臭くて、ひんやりとしていた。
おそらく、ここは土蔵のなかだ。
勇んで押尾屋敷に乗りこみ、馴れない刀を抜いて口上を述べた。
小頭の窪木三右衛門に手もなくやられ、気を失ったのだ。
あれから、どれだけ経ったのだろう。
くうっと、腹が鳴いた。
「ひゃっ」
足許を鼠が走りぬけていく。
蔵には米俵も積んであるにちがいない。
——ぎっ。
扉が開き、淡い陽の光が射しこんでくる。

夕暮れのような光だ。

まだ夜ではないのかと、鐵太郎は察した。

手燭の灯りが点き、ゆっくり近づいてくる。

人影は小さい。

やってきたのは、琢磨だった。

「おっ、そこにおったか」

いきなり、手燭が突きだされた。

あまりの眩しさに顔を背け、両手で灯りを遮る。

「おぬし、存外に胆が据わっておるのだな」

琢磨はそう言い、手燭を下げた。

目を擦ると、顔を近づけてくる。

「おぬしの父は、どういう男だ」

「えっ」

「強いのか」

なぜ、そのような問いを口走るのか、疑念を抱きつつも、鐵太郎はうなずいた。

「強い。たぶん、幕臣のなかで一番だとおもう」

「わしの父も同じことを言った。ただし、眉に唾をつけてな。わしも信じてはおらぬ。だいいち、幕臣随一の遣い手が二十五年余りも毒味役をやらされているはずがない。ただの噂であろうと、わしの父は笑っていた。おぬし、強い父をみたことがあるのか」

「ある」

と、鐵太郎は嘘を吐いた。

強さにも、いろいろある。

だが、琢磨が知りたいのは剣の強さだ。

「父はわしの面前で、三十人斬りをやってのけた」

鐵太郎は、ぷっと小鼻を張った。

どうせ吐くなら、大きい嘘のほうがいい。

琢磨は驚きつつも、ふんと鼻を鳴らす。

「三十人斬りだと。莫迦を抜かすな」

「信じぬのか」

「あたりまえだ。徳川幕府開闢(かいびゃく)以来、そんな男はおらぬわ」

「信じぬなら、それでもいい。父上を虚仮(こけ)にするやつらは、どうせ、ひとり残らず地獄に堕ちるのだ」

「父が助けに来るとおもうておるのか」

「来る、かならず。それがわが父、矢背蔵人介よ」

琢磨はこちらをじっとみつめ、大きくうなずいた。

「よし、ほんとうに来たら、おぬしを助けてやる」

「えっ」

「おそらく、わしの父はおぬしを盾にするつもりでいる。それは男らしくない。正々堂々と勝負するのが、侍というものだ。わしの父もいちおう、小野派一刀流の免状を持っていることだしな」

「いちおうとは、どういう意味だ」

「たぶん、金で買ったのさ。わしは、そう睨んでおる。だいいち、真剣を素振りしているすがたを目にしたことがない。ゆえに、おぬしの父と真剣勝負を演じ、勝ってほしいのさ」

鐡太郎は意外に感じた。

あれほど陰湿ないじめを繰りかえしていた相手とはおもえない。

琢磨は悩んでいる。尊敬できない父親を尊敬したいと望んでいるのだ。

「さればな」

琢磨はやおら立ちあがり、音もなく去った。

気づいてみれば、足許に何か置かれている。

笹の葉にくるんだ握り飯だ。ふたつある。

沢庵(たくあん)も三切れ、ついている。

鐵太郎は握り飯を手に取り、必死にかぶりついた。

「ぬがっ」

飢えた獣といっしょだ。

米の甘みが口いっぱいにひろがった。

じわりと、涙が滲んでくる。

鐵太郎は泣きながら、握り飯を頬張った。

感謝と心細さがないまぜになり、どうしようもなく泣けてくる。

琢磨が言ったとおり、父の蔵人介が助けに来なければ、おそらく、二度と土蔵の外へは出られまい。

だが、鐵太郎には一片たりとも不安はなかった。

もうすぐ、父は助けに来てくれる。

ぽりっと沢庵を齧(かじ)りながら、鐵太郎は父に叱られぬための言い訳を考えはじめた。

十四

押尾大膳太夫の邸内には、正門脇に枝から乳柱(ちばしら)の垂れた銀杏(いちょう)の大木が聳(そび)えている。

解きはなたれた正門から表玄関にいたるまで、物々しい装束に身を固めた番士たちがひしめいていた。本来は御書院門を守らねばならぬ連中が、非番なのに組頭のもとへ集結し、たったひとりの男の到来を待ちかまえている。

だが、正直なところ、誰もが半信半疑であった。

「鬼役め、まことに参りましょうか」

みなの疑念を口にしたのは、小頭の窪木三右衛門だ。

大きなからだに鎖帷子(くさりかたびら)を着け、額に鎖鉢巻(はちまき)まで締めている。

さきほどから落ちつきがなく、しきりに腰の刀を気にしていた。

「矢背とはしかし、妙な姓だ」

風体は知らぬ。顔などみたこともなかった。幕臣随一の手練(てだれ)との評判を鵜呑(うの)みにはできぬものの、ある程度はできるにちがいない。

一方、押尾はおぼろげながら、城中で目にしたことがあるような気もしていた。少し猫背気味のひょろ長い体軀（たいく）と、涼しげな切れ長の眼差しが、なぜか、印象に残っているのだ。

「生きておれば、わが子を救いにやってこよう。されど、それは生きておればのはなしじゃ」

「ぬはっ、仰せのとおりでござる。今ごろは、浅沼甚八郎の八角棒で脳天を砕かれておりましょう」

「まんがいち、浅沼を倒してこちらへ参じたとしても、窮鼠（きゅうそ）のごときものよ。なにせ、こちらには切り札がある」

「さよう。いざとなれば、生意気なこわっぱを盾に使いましょう。さすれば、勝てぬはずがありません」

ひょうと、旋風（つむじかぜ）が巻きあがった。

正門の周辺に、砂埃が濛々（もうもう）と舞いあがる。

眸子を擦ってみつめると、門の向こうに人影が悄然（しょうぜん）と佇（たたず）んでいた。

「うげっ」

窪木が眸子を瞠る。

「……き、来おった」

押尾も声を震わせた。

蔵人介が裾を靡かせ、じっとこちらを睨みつけている。

髪は乱れ、着物は埃にまみれ、左腕が意志を失ったように肩からぶらさがっていた。

風貌をみただけで、足がすくんでしまいそうだった。

哀れな屋敷の門番は、案山子のように身を固めている。

蔵人介は門番から六尺棒を奪い、ゆっくり門を潜りぬけてきた。

我に返った押尾が鼻下の泥鰌髭を震わせ、素っ頓狂な声をあげる。

「出会え、狼藉者じゃ。何をしておる」

「ぬわあぁ」

番士たちが、弾かれたように奇声を発した。

「斬ってもかまわぬ。おぬしら、手柄をあげよ」

押尾の声は、番士たちの喧噪に掻き消された。

「死ねっ」

功を焦った番士のひとりが、斜めから斬りつけてくる。

蔵人介は六尺棒を片手で掲げ、番士の脳天に叩きつけた。

――ばしっ。

月代のうえで、髷が躍った。

番士は地べたに横たわり、泡を吹いている。

蔵人介は六尺棒を旋回させ、小脇にたばさんだ。

そして、押尾と窪木を睨みつけ、ゆっくり歩きだす。

「囲め、囲め」

番士たちは横走りに走り、蔵人介を取りかこんだ。

誰もが及び腰で、闘う姿勢に乏しい。

窪木が機転を利かせ、押尾に囁いた。

「土蔵から、こわっぱを連れてまいりましょう」

「よし、誰ぞ土蔵に走れ」

「はっ」

若い番士が点頭し、母屋の裏手へ消えていく。

番士たちの囲みは、徐々に狭まっていった。

「車懸(くるまが)かりに攻めるのじゃ」

背後から窪木に鼓舞され、番士たちは一斉に抜刀する。

「ふわああ」

大声で叫び、威嚇(いかく)するものの、容易に斬りつけてはこない。

「初太刀を浴びせた者に褒美をやる。金一両じゃ」

押尾が煽(あお)った。

「はおっ」

四角い顔の番士が、頭から突きかかってきた。

——ぶん。

六尺棒が唸(うな)りをあげ、真横から頬桁(ほおげた)を砕く。

四角い顔は一瞬にしてひしゃげ、折れた歯が飛び散った。

「おのれっ」

ふたり同時に、左右から斬りつけてくる。

咄嗟に身を沈めるや、ふたりは味方同士で相打ちの恰好になった。

たがいに胸や腹を刺し、血を流して倒れこむ。

蔵人介は一顧(いっこ)だにせず、六尺棒の先端で別の番士の鳩尾(みぞおち)を突いていた。

本来、書院番は将軍警護の要を担う。

それにしては、お粗末すぎる連中だった。

いや、相手が弱いというよりも、蔵人介が強すぎる。

なにしろ、右手一本で闘っていた。

無駄な動きがないので、少しも息はあがらない。

幽玄な能の舞いでも観ているようだった。

左手が使えずとも、案ずることはない。

蔵人介の強靭さは、鬼神が宿っているかのようだった。

押尾と窪木のもとへ、若い番士が血相を変えて戻ってくる。

「組頭さま、土蔵には誰もおりませぬ。蛻の殻にござります」

「何だと、こわっぱが逃げたと申すか」

「手引きした者がおります。土蔵の鍵を開けた形跡がござりました」

「くそっ、裏切り者は誰じゃ」

地団駄を踏む押尾の問いに、窪木がこたえた。

「押尾さま、あれをご覧くだされ」

反っくりかえって高みを仰げば、大銀杏の太い枝の上に、ふたりの男児が並んで座っていた。

「あれは、若と鬼役めの息子にござります」

「何と、琢磨が土蔵の鍵を開けたというのか。あやつめ、きつく灸を据えねばなるまい。おい、琢磨、何をやっておる。早く降りてきなさい」

押尾がいくら怒鳴っても、ふたりはぴくりとも動かない。

棒を操る蔵人介の舞いに、目を貼りつけているのだ。

眼下は、怪我を負った番士たちの呻き（うめき）で溢れていた。

泥鰌髭の押尾と木偶の坊の窪木を除けば、もはや、抗おうとする者はいない。

「鐵太郎よ、おぬしは嘘を吐かなんだな」

興奮醒めやらぬ琢磨が、火照（ほて）った顔を向けてくる。

「三十人斬りは、まことであった」

鐵太郎は、父が誇らしかった。

十五

蔵人介は六尺棒を抛（ほう）りなげた。

残っているのは、組頭の押尾大膳太夫と小頭の窪木三右衛門だけだ。

「あやつ、居合の達人らしいぞ」

押尾は後退り、窪木の背中を押した。

「行け、窪木。うぬとて一刀流の免状持ちであろうが」

「おまかせを」

と、言いつつも、窪木の腰は引けている。

無理もない。蔵人介は刀も抜かず、右手一本で操る六尺棒のみで三十人は優に超える番士たちを打ち負かしてしまった。

そんな男と面と向かい、四肢が震えぬわけがない。

蔵人介は抜きもせず、ゆったり間合いを詰めてくる。

「鬼役め、わしが相手じゃ」

窪木は抜刀した。

三尺に近い剛刀だ。

八相に振りあげ、大上段に構えなおす。

血走った眸子が潤んでいるのは、恐怖のせいであろう。

あきらかに、迷いがある。

命を惜しむ者に勝ち目はない。

「抜け、抜かぬか」

窪木は喉を絞って叫び、爪先を躙りよせる。

「わしは一刀流の免許皆伝ぞ。奥義の斬り落としを受けてみよ」

「ふっ、弱い犬ほどよく吠える」

蔵人介は静かに発し、素早く身を寄せた。

「ぬおっ」

窪木も踏みこんでくる。

——ひゅん。

突如、蔵人介が消えた。

地べたに這うがごとく、沈みこんでいる。

と同時に、煌めく刃が窪木の股間を襲った。

「くかっ」

太刀筋をしかと見定めた者はいない。

窪木は前のめりに倒れ、気を失った。

股間に峰打ちを食らったのだ。

「下郎(げろう)め」

蔵人介は吐きすて、国次を鞘に納めた。

「うえっ、寄るな、寄るでない」

ひとり残った押尾は後退り、広縁(ひろえん)の角に背中をぶつける。

その拍子に腰の刀を抜き、闇雲に斬りつけてきた。

「ふええ」

「甘い」

蔵人介は抜刀し、相手の刀を強烈に弾く。

――きゅいいん。

火花が押尾の泥鰌髭を焦がす。

蔵人介は刀をふわりと持ちあげ、片手上段に構えた。

――びゅん。

釣り竿を振る要領で、無造作に振りおろす。

「ぬきょっ」

押尾は峰で月代を割られ、白目を剝いた。

「是極一刀(ぜごくいっとう)、恨みの剣にて候」

蔵人介は祈りを捧げるように、頭を垂れてみせる。

押尾は刀を落とし、へなへなとくずおれていった。

と、そのとき。

門の外が騒々しくなった。

捕り方装束の連中が、どっと押し入ってくる。

先頭で指揮を執るのは、義弟の綾辻市之進にほかならない。

「義兄上、助太刀に参りました」

勇んで踏みこんだとて、獲物は残っていない。

「さすが、義兄上でござる」

溜息を吐く市之進に向かって、蔵人介は質した。

「よく、ここにおるとわかったな」

「浅沼甚八郎にござります。あやつ、門弟のひとりに文を預けておりました」

八つ刻までに連絡のないときは、徒目付のもとへ文を届けるようにと指示してあったらしい。

おそらく、まんがいちのことを考えていたのだろう。

文には押尾や窪木の罪状が事細かに記されていた。

「一片の良心が残っておったというわけか」

死ぬ前に罪を贖(あがな)っておきたかったにちがいない。

市之進はつづける。

「浅沼の文には、鐵太郎が押尾屋敷に軟禁されたことも記されておりました」

罠(わな)が張られていると知りつつも、蔵人介が助けに向かうであろうことも、綴られていたという。

「さっそく上の了解を取りつけ、捕り方どもを率いて馳せ参じたという経緯(いきさつ)にございます」

「残念ながら」

「ひと足遅かったな」

蔵人介は微笑み、後ろに顎をしゃくった。

「そこに転がった連中に縄を打つがよい。おぬしの手柄にしろ」

「そんなつもりはございませんよ」

「まあ、よいではないか。鬼役のわしが絡んだとなると、目付筋に詳しい経緯を説かねばならぬ。それも面倒だ。おぬしの手柄にしてくれ」

「義兄上がそう仰るなら」

市之進は手下に命じ、押尾と窪木に縄を打たせた。

そして、きょろきょろ周囲をみまわす。

「ところで、鐵太郎は無事にございますか」

「ああ」

蔵人介は右手を翳し、眩しげに高みを見上げた。

大銀杏の枝の上に、ふたりの男児が並んで座っている。

「義兄上、鐵太郎の隣におるのは誰です」

「押尾家の御曹司だ」

「さては、辛い場面をみさせられたな」

市之進のつぶやきは、ふたりの耳に届いていない。

太い枝の上では、琢磨がぽろぽろ涙をこぼしていた。

不甲斐ない父のすがたが、あまりに情けなかったからだ。

「鐵太郎、わしの父はきっと腹を切らされるにちがいない。ことによったら、押尾家は断絶の憂き目に遭うだろう」

「まだ、そうと決まったわけではないぞ」

「いいや、そうなる。浪々の身となったわしのことを、顧みる者などひとりもおらぬ。どうしたらいい、わしはどうしたら……」

琢磨が泣きやむのを待ち、鐵太郎は明るい声を発した。

「あれは美味かった」

「えっ、何のことだ」

「差しいれてもらった握り飯さ。生まれてこの方、あれほど美味いものを食うたおぼえがない」

「えっ」

「琢磨、おぬしのことは、けっして見捨てぬ。たとい、家が無くなろうと、身分が無くなろうと、わしはおぬしを見捨てぬ」

「……て、鐵太郎よ、まことか」

「ああ、まことだとも」

琢磨は感極まり、顔を涙でくしゃくしゃにする。

そして、泣きすぎて目を腫(は)らし、洟水(はなみず)まで垂らしながら、どうしても聞きたいことを尋ねてきた。

「鐵太郎よ、教えてくれ。おぬしはなぜ、ここに来た。なぜ、おのれの命を捨ててまで無謀なことをやろうとしたのだ」

「そうさな」

鐵太郎は、しっかりうなずいた。

今ならば、自信をもってこたえられる。

「琢磨、それはな、矜持だ」

「えっ、矜持か」

「さよう、鬼役の子としての矜持だ」

「ふうん」

琢磨は得心したように、空を見上げた。

鐵太郎もつられて、西の空を見上げる。

茜に染まった筋雲が、波のように流れていた。

ふと、葛巻隼人のことをおもいだす。

「……山形は鉤と股掛けてまた、ふたつに割りて歩数とぞ知る」

口を衝いて出た算式が、一粒の涙を誘いだした。

「鐵太郎、何じゃそれは」

「これか、秘密のお呪いさ」

鐵太郎は涙を拭いた。

奈落(ならく)の底では、鬼が叫んでいる。

「おうい、そろりと降りてこい」

不安げな琢磨に、鐵太郎は満面の笑みをかたむけた。

「案ずるな。父上はおぬしのことをわかっておられる。責めたりはせぬさ」

茜雲の波路を越えて、鳥の親子が飛びさっていく。

鐵太郎はもうしばらく、涼やかな風に吹かれていたいとおもった。

光文社文庫

文庫書下ろし／長編時代小説

矜持 鬼役 十二

著者 坂岡 真

2014年5月20日 初版1刷発行
2024年7月20日 4刷発行

発行者 三宅貴久
印刷 大日本印刷
製本 大日本印刷

発行所 株式会社 光文社
〒112-8011 東京都文京区音羽1-16-6
電話 (03)5395-8149 編集部
8116 書籍販売部
8125 制作部

落丁本・乱丁本は制作部にご連絡くだされば、お取替えいたします。
ISBN978-4-334-76743-3 Printed in Japan

組版 萩原印刷

鬼役メモ

キリトリ線

※ページ内側にあるキリトリ線で切って、備忘録にお使い下さい。

キリトリ線

鬼役メモ

※ページ内側にあるキリトリ線で切って、備忘録にお使い下さい。

鬼役メモ

キリトリ線

※ページ内側にあるキリトリ線で切って、備忘録にお使い下さい。

キリトリ線

鬼役メモ

画・坂岡 真

※ページ内側にあるキリトリ線で切って、備忘録にお使い下さい。

鬼役メモ

キリトリ線

※ページ内側にあるキリトリ線で切って、備忘録にお使い下さい。

鬼役メモ

画・坂岡 真

※ページ内側にあるキリトリ線で切って、備忘録にお使い下さい。

キリトリ線

鬼役メモ

キリトリ線

※ページ内側にあるキリトリ線で切って、備忘録にお使い下さい。

キリトリ線

鬼役メモ

※ページ内側にあるキリトリ線で切って、備忘録にお使い下さい。

鬼役メモ

キリトリ線

※ページ内側にあるキリトリ線で切って、備忘録にお使い下さい。

キリトリ線

鬼役メモ

※ページ内側にあるキリトリ線で切って、備忘録にお使い下さい。